사고와 표현

Thinking & Expression

사고와 표현

주현재 · 신현규 · 이은미

보고사
BOGOSA

책머리에

최근 전문대학가에서 글쓰기의 중요성이 부각되고 있다. 4차 산업혁명시대를 준비하며, 융·복합과 창의성 개발이 부각되는 작금의 상황에서 직업교육을 강조하는 전문대학들이 글쓰기 교육을 점차 도입하고 있는 이유는 무엇일까? 아마도 그 이유는 글쓰기와 같은 문해 능력 개발이 한 사람의 통합적 사고력을 키워주는 자양분이며, 단순 업무들이 점차 인공지능으로 대체되는 미래의 직업 환경을 대비하기 위해 학생들의 미래역량을 증진시키는 일과 밀접한 관련이 있기 때문일 것이다.

몇 해 전까지만 해도 재직하고 있는 대학에는 글쓰기 수업이 없었다. 그래서 아쉬운 마음에 직접 담당하는 교직 수업의 학생들을 대상으로 논리적 사고력과 글쓰기 실력이 향상됐으면 하는 바람을 갖고 글 잘 쓰는 법 강연과 개별 보고서 첨삭을 해주었다. 몇 년간 경험해 보니 시간과 공이 많이 들었지만 눈에 띄게 학생들의 글쓰기 실력이 향상되는 것을 보며 보람을 느꼈다. 이후 대학 본부도 교양교육을 비롯한 글쓰기 교육의 중요성을 인식하여, 논리적 사고와 독서와 토론 등 문해 능력과 관련된 몇 개의 교양 교과목이 개설되었다. 정규 교과목으로 글쓰기 수업이 생기고, 직접 한 학기 동안 학생들을 가르쳐 보니 이제는 적합한 교재가 필요하다는 생각이 들었다. 물론 글쓰기 교재는 이미 서점가에 수없이 많이 나와 있었지만 전문대학생을 대상으로 한 적절한 글쓰기 교재는 찾을 수 없었다.

글쓰기에는 크게 두 종류가 있다고 생각한다. 하나는 문학과 밀접한 글쓰기이고 하나는 논리성이 바탕이 된 글쓰기다. 재능이 많이 요구되는 문학적 글쓰기에 비해 논리적 글쓰기는 교육에 따라 그 실력이 크게 향상될 수 있다. 특히 전문대에서는 문학을 전공으로 하는 경우를 제외하고는 일반적으로 논리적 글쓰기 능력 함양이 더 중요하다. 직장생활에서 글쓰기는 다양한 형태로 빈번히 활용되기 때문이다. 따라서 이 책에서는 논리적 글쓰기가 8할을 차지하고 문학적 글쓰기 보다 더 큰 비중을 차지한다. 다만 독서 없이는 글쓰기 실력 향상에 한계가 있기 때문에 학생들이 흥미를 느낄만한 소설과 수필 등 문학도 일부 삽입하였다.

이 책은 전문대학생을 대상으로 한 글쓰기 교육에 특화되어 있다. 따라서 학생들이 수업을 통해 글쓰기를 실재적으로 경험해보는데 초점을 맞춰 워크북 형태로 제작하였다. 제 1장에서는 글쓰기의 필요성과 중요성을 설명하고, 제 2장에서는 논리적 글쓰기 방법을 소개하고 있으며, 제 3장에서는 다양한 주제별 글쓰기를 담고 있다. 제 4장에서는 다양한 서식 쓰기를 통해 취업과 실생활에서 반드시 필요한 서식 작성법을 소개한다. 제5장은 올바른 인용과 인용방법 등을 포함한 글쓰기 윤리를 소개하고, 6장에서는 한국어문규정과 문장 부호를 제시한다.

국내의 130개가 넘는 전문대학들이 교양교육을 실시하고 있지만, 아직까지도 글쓰기 과목이 필수로 지정된 경우는 많지 않다. 하지만 직업교육과 글쓰기의 상관관계를 생각해 볼 때, 그리고 학생들의 사고력 향상을 위한 적절한 교육이 필요하다는 점을 고려한다면 전문대학가에서 글쓰기 교육의 중요성은 점차 확대 될 것으로 예상된다. 비록 이 책이 여러모로 부족한 면이 많고 미흡할지라도 미래를 이끌어갈 주역인 학생들의 폭넓은 사고력 개발 및 글쓰기 실력 향상에 실절적인 도움이 되길 바란다.

더불어 이 책이 출간될 수 있도록 물심양면으로 지원해 주신 김흥국 사장님께도 깊은 감사를 드린다.

2019년 2월, 집필자를 대표하여

주현재 씀

차례

제1장

글쓰기는 왜 필요할까?

사람은 태어나면서부터 자기를 표현하면서 살아간다. 울음소리로 미소로, 짧은 단어로 시작하여 긴 말소리로, 그리고 글쓰기로. 그 중에서도 글쓰기는 자기를 표현하는 가장 좋은 수단이다. 우리 모두의 안에는 우리가 미처 모르고 있는 많은 것들이 들어 있고 우리가 글을 쓰고자하기만 한다면 그것들을 열정적이고 수다스럽게 쏟아낼 수 있다. 그리고 글을 쓰고자 한다면 우리는 각자의 안에 들어 있는 이 풍부한 재능을 믿어야 한다. 그러나 우리는 글을 쓸 때 마치 자전거를 처음 배울 때처럼 넘어 질까봐 두려워하고 담장을 들이 받을까봐 걱정하고 또 걱정한다. 하지만 누구나 알고 있듯이 자전거는 넘어지는 만큼 잘 타게 되고 담장을 들이받는 것만큼 익숙해지게 된다. 자신이 쓰는 글에 자신이 없어서 망설이기만 하고 용기를 내지 못한다면 결국 글을 쓸 수 없게 될 것이다. 브랜다 유랜드(Brenda Ueland)는 그런 사람들에게 이렇게 말한다.

"당신이 얼마나 형편없는 이야기를 쓸 수 있는지 한번 시도해 보세요. 얼마나 멍청할 수 있는지 알아보세요. 그렇게 해봐요. 그러는 것도 재미있을 거예요. 만약 당신이 첫 문장부터 마지막까지 완전히 지루한 이야기를 쓸 수 있다면, 내가 십 달러를 주겠어요!"

여러분도 한번 시도해 보기 바란다. 그리고 느껴 보기 바란다. 한 두 문장을 써 내려갈 때 각자의 마음속에 자라는 용기를.

그렇다고 해서 이 책 속에서 함께 체험하게 될 글쓰기가 마냥 낭만적이지만은 않다. 글쓰기는 필자가 독자와 주변 환경을 고려하여 글감을 찾아 적절한 형식과 내용을 정하고 쓰기의 규칙이나 관습에 맞게 표현하는 복잡한 과정을 거치기 때문이다. 그러니까 학생들이 글쓰기를 배우기 위해서는 이러한 글쓰기의 복잡한 과정과 전략을 알아야 한다는 말이다. 특히 대학에서 배우는 글쓰기는 글쓰기에 대한 기초 지식은 물론이고 구체적인 글쓰기의 방법을 다루고 있어서 생각보다 넓은 범위에서 많은 지식과 내용을 접하게 된다. 더구나 현대 사회는 영상과 이미지를 포함한 미디어를 통한 소통이 보편화되고 있다. 따라서 현대 사회에서 글을 쓴다는 것은 대상을 감상, 분석, 해석, 종합하는 능력을 지니는 것을 의미하며, 영상이나 이미지를 포함한 미디어를 이해하고 활용하며 생산하는 능력을 지니는 것까지 의미하게 되었다.

이 장에서는 각자가 '나에게 글쓰기는 왜 필요한가?'에 대해서 고민해 보기를 바란다. 다양한 글쓰기 지침서들이 말해주는 뻔한 이야기들을 뒤로 하고 바로 여러분들의 글쓰기에 대해 고민해 보자.

☞ 생각해 보기

영화 〈메멘토〉를 보면 10분 이상 기억을 보존하지 못하는 주인공이 등장한다. 그는 기억을 붙잡기 위해 자신의 몸에 빈틈없이 메시지들을 새겨 넣는다. 고대의 동굴 벽화, 거북의 등껍질에서 비롯하여 지금의 종이와 컴퓨터에 이르기까지 매체가 다양하게 변화해 오면서 사람들은 어떤 이야기들을 기록하여 남기고 싶었던 것일까? 각자 자신이 남기고 싶은 글의 종류에 대하여 말해 보자. 또 남기고 싶은 글의 내용에 대해서도 의견을 나누어 보자. 그리고 그 이야기를 기록하여 남기고 싶은 이유에 대해서도 발표해 보자.

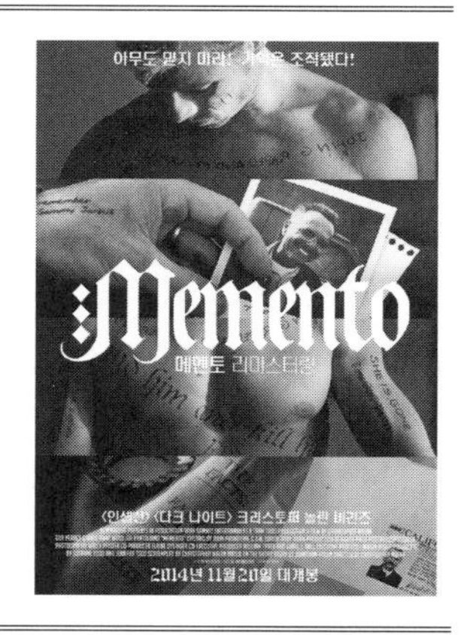

✔ 토론해 보기

☞ 아래 글을 잘 읽어 보고, 사회 속에서 '글쓰기'가 왜 필요한지에 대하여 대해 각자의 생각을 이야기해 보자.

> 글쓰기라는 개념에 일반성을 부여한다면, 글쓰기 없는 사회는 하나도 없다. 표적, 경표(警標), 방향판 등 기호가 없는 사회 역시 하나도 없다. 쓰인 물건, 예컨대 사건, 전투, 승리, 그리고 영원히 기억 속에 새겨진 최고 통치자의 결정들을 기록한 것이라든가 십계명의 문자판 같은 것을 고안해 낸 이후에도 역사는 앞으로의 도약, 좀 더 높은 수준으로의 이행, 요컨대 분리와 단절을 겪었다. 역사와 사회학이 날짜와 문턱들을 결정할 것이다. 즉 방향이 정해진 시간과 공간 속에서의 글쓰기인 도시-관습법에서 성문법으로의 이행, 다시 말해서 관례에서부터 공식화된 법령으로의 이행-인쇄물에 의한 글의 일반화(끝없는 장서, 절대적인 책, 결국 말해진 것, 아는 것, 지각된 것을 글 쓰는 행위가 모두 흡수하는 현상)에 의해 한층 강조되는 축적의 성격 등을.
>
> – 앙리 르페브르, 『현대 세계의 일상성』, 박정자 옮김, 기파랑, 2005.

✔ 써 보기

☞ 다음 글을 읽고 '나에게 글쓰기는 왜 필요한가?'라는 제목으로 400자 이내의 글쓰기를 완성해 보자.

사람은 가끔 자기 스스로를 차분히 안으로 정리(整理)할 필요를 느낀다. 나는 어디까지 와 있으며, 어느 곳에 어떠한 자세(姿勢)로 서 있는가? 나는 유언무언(有言無言) 중에 나 자신 또는 남에게 약속(約束)한 바를 어느 정도까지 충실(充實)하게 실천(實踐)해 왔는가? 나는 지금 무엇을 생각하고 있으며, 앞으로 어떤 길을 걸을 것인가? 이러한 물음에 대답함으로써 스스로를 안으로 정돈(整頓)할 필요를 느끼는 것이다.

안으로 자기를 정리하는 방법(方法) 가운데에서 가장 좋은 것은 반성(反省)의 자세로 글을 쓰는 일일 것이다. 마음의 바닥을 흐르는 갖가지 상념(想念)을 어떤 형식으로 거짓 없이 종이 위에 옮겨 놓은 글은, 자기 자신(自己自身)을 비추어 주는 자화상(自畵像)이다. 이 자화상은 우리가 자기의 현재(現在)를 살피고 앞으로의 자세를 가다듬는 거울이기도 하다.

글을 쓰는 것은 자기의 과거(過去)와 현재를 기록(記錄)하고 장래(將來)를 위하여 인생의 이정표(里程標)를 세우는 알뜰한 작업(作業)이다. 글을 쓴다는 것은 자기 자신의 엉클어지고 흐트러진 감정(感情)을 가라앉힘으로써 다시 고요한 자신으로 돌아오는 묘방(妙方)이기도 하다. 만일 분노(憤怒)와 슬픔과 괴로움이 있거든 그것을 종이 위에 적어 보라. 다음 순간, 그 분노와 슬픔과 괴로움은 하나의 객관적(客觀的)인 사실(事實)로 떠오르고, 나는 거기서 한 발 떨어진 자리에서 그것들을 바라보는, 마음의 여유(餘裕)를 가지게 될 것이다.

안으로 자기를 정돈(整頓)하기 위하여 쓰는 글은, 쓰고 싶을 때에 쓰고 싶은 말을 쓴다. 아무도 나의 붓대의 길을 가로막거나 간섭(干涉)하지 않는다. 스스로 하고 싶은 바를 아무에게도 피해(被害)를 주지 않고 할 수 있는 일, 따라서 그것은 즐거운 작업이다.

스스로 좋아서 쓰는 글은 본래 상품(商品)이나 매명(賣名)을 위한 수단(手段)도 아니다. 그것은 자기 자신이 읽기 위한 것이요, 간혹 자기와 절실히 가까운 벗을 독자로 예상(豫想)할 경우도 없지 않으나, 본래 저속(低俗)한 이해(利害)와는 관계(關係)가 없는 풍류가(風流家)들의 예술(藝術)이다. 따라서 그것은 고상(高尙)한 취미(趣味)의 하나로 헤아려진다.

– 김태길의 「글을 쓴다는 것」 중에서

✔ 교양 책읽기 추천 목록

강원국, 『대통령의 글쓰기』, 매디치미디어

강창래, 『책의 정신』, 알마

김영진, 『나는 어떻게 쓰는가』, 씨네21북스

김이나, 『김이나의 작사법』, 문학동네

김정선, 『내문장이 그렇게 이상한가요?』, 유유

루츠 폰 베르더 외, 역 : 김동희, 『즐거운 글쓰기』, 들녘

뤼시앵 페브르, 『책의 탄생』, 돌베개

매러더스 매런, 『잘 쓰려고 하지 마라』, 생각의길

무라카미 하루키, 『직업으로서의 소설가』, 현대문학

박미라, 『치유하는 글쓰기』, 한겨레출판

샤를 단치, 『왜 책을 읽는가』, 이루

신현규, 『대학생을 위한 글쓰기』, 태학사

앙리 르페브르, 『현대세계의 일상성』, 기파랑

유시민, 『유시민의 글쓰기 특강』, 생각의 길

이은미, 『글쓰기를 위한 북아트』, 푸른길

임정섭, 『글쓰기훈련소』, 경향미디어

정희모, 『글쓰기의 전략』, 들녘

제2장
무엇을 어떻게 써야 할까?

이 장에서는 여러 가지 의사소통의 상황에서 글쓰기로 자기를 표현하는 방법에 대하여 생각해 보려고 한다. 우리가 삶 속에서 글쓰기를 해야 하는 상황은 매우 다양하다. 여기서는 다섯 가지의 글을 쓰는 유형으로 나누어 살펴보자. 글을 쓸 때 주제와 목적, 독자와 매체, 글의 유형 등 고려해야 할 사항들을 파악하며 글쓰기를 해 보자.

제1절 _ 논리적인 글쓰기 1(논설문 쓰기)

우리가 흔히 '논술'이라고 일컫는 말은 논리적인 글쓰기를 말한다. 논리적인 글쓰기의 대표적인 유형으로는 논설문과 설명문이 있다. 논설문은 설득을 목적으로 주관적이고 논리적으로 서술한 글이고 설명문은 이해를 목적으로 객관적이고 논리적으로 서술한 글이다. 그러나 논설문이나 설명문 모두 논리성을 가져야 한다는 공통점이 있다. 제1절에서는 논설문 쓰기를 중심으로, 제2절에서는 설명문 쓰기를 중심으로 살펴보자.

우리는 살아가면서 다양한 공동체에 속해 있다. 설득하는 글쓰기는 다양한 공동체의 의사결정 상황에서 타인과 적절하게 상호작용을 하며 대화와 타협으로 갈등을 줄이거나 해결해 가는 데에 목적이 있다. 자신의 주장을 설득력 있게 표현하기 위해서는 타당한 근거가 필요하다. 또 대화와 타협은 문제를 협력적으로 해결할 수 있는 가장 좋은 수단이다.

✔ 생각해 보기

☞ 다음에 제시된 글에서 많은 사람들이 관심을 갖고 있는 분야가 무엇인지 생각해 보고 이 문제에 대해 자신의 의견을 말해 보자.

보충수업 이대로 좋은가?

신문 지상을 통해서 보면 광주의 많은 고등학교들이 보충, 자율 학습 반대 시위를 하고 있다고 한다.

도시와 농촌 간의 보충수업이 주는 의미는 다를지라도 우리 학교 보충수업의 실태를 보면, 선생님들의 열의에 비하여 수강하는 학생들의 태도는 매우 소극적이다.

처음 출발이 타의가 아닌 자의(?)로 했음에도 불구하고 점점 학습 태도가 나빠지는 이유가 무엇일까?

지금 우리들이(미경, 정숙) 함께 생각해 보면 첫째, 농촌의 특수성 때문이라 생각한다. 학교가 끝나기 무섭게 집에 가면, 들에 나가신 부모님을 대신하여 집안일을 도맡아 해야 한다.

어떤 남학생들은 아침 일찍 일어나 농약을 하고 온다고 들었다.

육체에는 한계가 있는 법, 피로가 겹친다.

이에 가중하여 보충수업 한 시간씩을 받으려니 정말 잠이 올 수밖에…….

의욕 상실증 환자 같다.

둘째로는, 능력별 보충수업이 아니라서 정숙이는 잘 따라가지만 나는 도통 이해되지 않는 부분이 많다. 만약에 2학기에 보충수업을 한다고 하면 자신의 능력에 맞춰 반을 편성했으면 좋겠다.

그러나 이런 원인을 접어 두고 보충수업 자체를 놓고 생각해 보면, 학교에서 하는 수업만 가지고도 대학을 들어가는 사회가 되었으면 하는 바램이다. 수업 중에도 이해되지 않는 부분이 많은데, 보충수업까지 괴롭히니 보충수업이 아니라, 이중 짐 지우기 수업이다.

그래도 우리는 밤 10시까지 하는 살인적인 심야 학습이 없으니 참 좋다. 하기야 농촌에서는 할 수도 없지만, 보충수업을 현행대로 하면 마땅히 없어져야 한다.

하루빨리 정상화되었으면 좋겠다.

– 이오덕 〈무엇을 어떻게 쓸까〉 중에서

✔ 토론해 보기

☞ 다음 글을 읽고 주장과 근거가 무엇인지 이야기해 보자.

올해 관객 천 만명을 돌파한 영화 '택시운전사'의 돌풍이 뜨겁다. 5 · 18 광주 민주화 운동을 주제로 한 이 영화는 독일에서 취재 온 외신기자 위르겐 힌츠페터(토마스 크레취만)와 그를 도운 서울의 택시운전사 만섭(송강호)이 주인공이다. 영화를 보고 나오면서 한 가지 궁금증이 생겼다. 만약 위르겐 힌츠페터가 택시 대신 버스나 기차를 탔다면 광주에 갈 수 있었을까?

영화에서도 암시하고 있지만 위르겐 힌츠페터가 처음부터 택시를 선택한 이유는 단순하다. 충분한 사례금만 준다면 택시 운전기사는 위험을 무릅쓰고서라도 손님의 요구와 상황에 맞게 목적지까지 데려다 주리라는 예측 때문이었다. 택시는 고객이 원하는 곳에서 탑승하고 원하는 목적지에 내려주는 특성을 지녔다. 그에 반해 버스는 정해진 경로를 따라 순차적으로 운행하는 대중교통수단으로 당연히 승객의 특별한 사정이나 코스 변경과 같은 요청은 들어줄 수 없다.

지금 우리나라 대학교육을 택시와 버스에 비유하자면 둘 중 무엇에 더 가까울까? 아마도 버스에 가까울 것이다. 국내 대학은 아직 개인 맞춤형 교육이 제대로 실행되지 않고 있다. 미래 교육은 교수(Teaching) 보다는 학습(Learning)이 중요한 시대다. 따라서 세계적인 대학에서는 개별 학생이 자신에게 필요한 교과목을 자유롭게 조합해 학위를 취득할 수 있는 체제를 속속 도입하고 있다. 학생에게 교육과정의 권한을 이양(empowerment)하는 방법, 곧 학습자중심 교육환경실현을 목표로 움직이고 있다.

그럼에도 지금 우리나라 대학은 어떠한가? 학과 교육과정은 여전히 철옹성처럼 교수의 개인적이고 정치적인 입장에 휘둘리고, 학생은 수 년 전 미리 정해놓은 교육과정에 따라 수강신청을 하고 학점의 알파벳에 관심을 두고 있다. 대학 수업에 들이는 노력을 줄이고 취업을 위한 별도의 스펙 쌓기에 투자하고 싶어 한다. 마치 오랜 세월 동안 정해진 경로를 따라 운행되고 있는 버스처럼, 우리나라 대학과 학생들은 익숙한 교육체제에 따라 과거 교육방식을 고집스레 반복하고 있다.

과거에는 개인 맞춤형 교육이 일반화된 교육 방식이었다. 서양이든 동양이든 교육을 받는 학생은 지체 높은 자녀들이었고 이들은 집에서 개인교사한테 학문을 배웠다. 오늘날과 같이 학교가 교육을 담당하게 된 계기는 산업혁명 때부터다. 공장에서 일할 기술자와 노동자를 대거 양성하기 위한 목적으로 생겨난 학교교육은 빠른 시간 내에 다수를 교육시키기 위해 탄생한 산물이었다.

역사는 반복된다고 하던가? 최근 교육공학 분야에서는 디지털 테크놀로지를 활용한 개인 맞춤형 학습에 관한 관심이 뜨겁다. 획일화된 교육에서 벗어나 과거처럼 개인 맞춤형 교육의 시대가 다시 열리는 것이다. 하지만 이때 선생이 수행하는 역할은 이전과는 확연히 다르다. 버지니아 대학 류태호

교수에 따르면 미래의 선생은 테크놀로지를 이용해 학습자의 학습을 분석하고(Learning Analytics), LMS(Learning Management System)를 활용해 학습을 촉진하는 새로운 역할을 수행하게 될 것이라고 한다.

영화 택시운전사를 통해 우리는 버스보다 좀 더 편한 교통수단인줄만 알았던 택시라는 존재에 대해 다시 생각해 보게 된다. 바로 택시의 장점은 운행을 방해하는 순간적인 변수나 장애가 생길지라도 손님이 원하는 목적지까지 길을 우회해서라도 끝까지 찾아 간다는 데 있다. 개인 맞춤형 교육 시대에는 대학교육을 택시처럼 바꿔야 한다.

– 주현재, 〈택시운전사와 개인 맞춤형 교육〉에서, 〈한국대학신문〉

✔ 써 보기

☞ 다음 글은 '베트남에서의 지속가능한 한류를 위하여'라는 제목으로 쓰인 기자의 글이다. 잘 읽어 보고 지속가능한 한류를 위하여 우리가 해야 할 일에 대하여 주장과 근거를 들어 설득하는 글을 써 보자.(500자 내외)

베트남에서의 지속가능한 한류를 위하여

얼마 전 베트남에서 개봉한 영화 '탕 남 쭙 쩌(Tháng Năm Rực Rỡ : 찬란한 5월)'가 개봉 첫 주 베트남 박스 오피스 1위에 오르며 화제로 떠올랐다. 해당 영화는 한국 기업이 한국 영화 '써니'를 리메이크해서 만든 베트남 영화로 그에 앞서 개봉한 한-베 합작 영화 '라라'와 한국 영화 '수상한 그녀'의 리메이크작 '엠 라 바 노이 꾸아 아잉(Em là bà nội của anh:내가 오빠의 할머니야.)'과 함께 큰 인기를 끌며 베트남 내 견고한 한류를 입증했다는 평가를 받는다.

베트남의 한국사랑은 영화뿐만이 아니다. 한국의 드라마나 예능이 베트남에서 방영되며 높은 시청률을 올리고 있고 동영상 공유 사이트에는 베트남어 자막이 첨부된 한국 방송 영상이 가득하다. 베트남의 유명 잡지나 광고에 한국 연예인들이 심심치 않게 등장하고 한국의 유명 연예인이 입국하는 날이면 공항은 발 디딜 틈이 없을 정도로 취재진과 팬들로 붐빈다. 마트나 온라인 쇼핑몰에는 한국코너가 별도로 마련되어 있는 곳이 많고 한국 기업이 생산했음을 강조하며 제품을 홍보하는 모습도 흔히 찾아볼 수 있다.

베트남에서 한국에 대한 호감이 형성된 데에는 물론 미디어의 영향이 크다. TV에 등장하는 멋진 집과 근사한 차, 화려한 빌딩을 이유로 한국을 동경한다는 젊은이들을 쉽게 만나볼 수 있고 밤늦도록 버스나 지하철과 같은 대중 교통을 안전하게 이용하는 모습이나 깨끗하게 정리된 거리가 한국을 방문하고 싶게 만드는 호감 요인이라는 분석도 있다.

베트남에서 활약하는 한국 기업들 덕분에 한국의 이미지가 상승한 것도 한류의 원인으로 지목된다. 다수의 베트남 매체에 따르면 베트남 구직자들을 대상으로 가장 가고 싶은 기업을 조사한 결과 몇 년째 한국 대기업이 10위 안에 포함되어 있었는데 실제로 베트남에서 만나본 젊은이들 가운데 한국 기업에 취업하는 것을 목표로 하거나 이직을 목적으로 한국어를 공부하는 사례를 빈번하게 목격할 수 있었다. 그들은 한국 기업을 선호하는 이유로 글로벌 기업에서 일한다는 자부심, 주변에서 느껴지는 동경의 시선, 상대적으로 높은 급여 등을 꼽았다.

최근 베트남을 뒤흔들었던 축구 열풍도 한류에 한 몫을 담당했다. 동남아 최초로 아시아 축구연맹 U-23 챔피언십 대회 준우승을 이끌었던 박항서 감독의 활약에 베트남이 열광하며 환호했고 또한 당시 많은 우리나라 국민과 매체가 베트남의 우승을 기원했던 것이 베트남 뉴스에 보도되며 한국은 베트남의 친구, 동료라는 이미지를 얻게 되었다.

한국 기업에 대한 선호는 한국 제품에 대한 호감으로 이어진다. 한국 기업이 운영하는 프랜차이즈 매장을 방문해 사진을 찍어 SNS에 올리거나 한국 제품을 구입하고 인증샷을 자랑하기도 하고 한국을 소개하는 영상을 시리즈물로 제작해 인기몰이를 하는 네티즌들도 많이 있다.

경제 · 문화적 관점에서 보았을 때 베트남에서 한국인들이 환영받고 있는 것은 고무적인 일이지만 이로 인한 문제점도 많다.

한국 연예인의 인기를 이용해 무단으로 광고를 제작하기도 하고 품질을 인정받은 한국 제품이라고 속여 중국 제품을 판매하거나 한국의 제품을 교묘하게 따라 한 이미테이션을 제작하는 경우도 많다. 시내 곳곳에는 엉터리 한글이나 태극기를 붙여놓고 한국 기업 행세를 하는 중국 기업의 프랜차이즈 매장도 쉽게 찾아볼 수 있다. 이런 경우 한국 제품 수준의 품질이나 관리, AS 등을 보장 할 수 없는데 그로 인한 불만이나 이미지 하락은 고스란히 한국이 떠안게 된다는 문제점이 있다.

한국과 한국인을 향한 악의적인 비방도 적지 않다. 얼마 전 현지 유명 칼럼니스트의 SNS에 한국 기업을 비방하는 유언비어가 올라와 화제가 되기도 했고 한국의 유명 프랜차이즈에 대한 악의적인 루머를 퍼트리는 이들도 있다. 그러나 현지 여건상 적발이나 처벌이 용이하지 않아 자체적인 해명이나 홍보를 통해 극복하는 것 외에 뾰족한 방법이 없다.

베트남에서 한국에 대한 관심이 늘어난 만큼 베트남 사람들이 한국에 대해 가졌던 환상과 현실 사이의 괴리가 문제로 지적되기도 한다. 과거에는 그냥 지나쳤을지 모를 한국의 소식들이 이곳의 매체나 인터넷을 통해 전파되는데 그 가운데에는 한국에서 일어난 사건 · 사고뿐 아니라 베트남인이 한국에 와서 겪은 부당한 일에 관한 뉴스가 높은 비중을 차지한다.

일부 관광객이나 교민들의 무례한 행동이 현지인들 사이에서 구설에 오르기도 하고 한국에 대한 베트남인들의 호감을 이용해 현지인들에게 사기 · 폭언 · 폭행 등의 행동으로 물의를 빚는 경우도 있다. 여기에서 파생되는 문제는 국가 이미지를 떨어트리고, 선량한 교민이나 관광객들에게 피해가 돌아가는 결과로 이어지기도 한다.

– 여성신문(http://www.womennews.co.kr)

제2절 _ 논리적인 글쓰기 2(설명문 쓰기)

설명하는 글쓰기는 대상이나 현상에 대하여 내가 알고 있는 정보를 상대방이 잘 이해할 수 있게 쓰는 것을 이른다. 우리는 살아가면서 무수히 많은 사람을 만나면서 일상적인 이야기부터 시작해서 전문적인 이야기에 이르기까지 다양한 정보를 전달하게 된다.

말하기의 상황과 마찬가지로 글쓰기의 상황도 다르지 않다. 내가 알고 있는 정보가 상대방에게 얼마나 유익할지, 어떤 방식으로 전달해야 상대방이 잘 알아들을 수 있을지를 고려하여 쓰는 것이 중요하다. 그렇다면 설명하는 글쓰기에서 가장 중심이 되는 것이 무엇이냐는 질문을 받을 수도 있다. 그것은 바로 질문에 대한 대답을 명확히 하는 것이라고도 말할 수 있겠다.

이를테면 누군가 여러분에게 "책상 위 컴퓨터 옆에 놓인 저 물건이 무엇이냐?"라고 물었을 때, "컴퓨터 화면에서 커서나 아이콘을 이동시킬 때 쓰는 마우스입니다."라고 대답하는 기술과도 같다.

설명문을 쓸 때 정의, 예시, 비교나 대조, 분류, 분석, 인과, 과정 등의 방법을 사용할 수 있다. 대상을 설명하는 데 효과적인 방법을 사용하여 설명문을 써 보자.

✔ 생각해 보기

☞ 다음에서 설명하는 내용은 무엇에 관한 것인지 생각해 보자.

> 대개 인간의 두부 상단에 위치해 있다. 은하계에서 태어난 인간들은 한결같이 소용돌이 모양을 복제하고 있다. 인간과 우주가 하나라는 사실을 암시해 주는 부분이다. 학자들의 연구결과에 의하면 한 개를 가진 사람이 구십일 퍼센트 정도를 차지하고 두 개를 가진 사람이 칠 퍼센트 정도를 차지하며 세 개 이상을 가진 사람이 나머지를 차지한다. 우측으로 치우친 사람이 오십 퍼센트를 차지하고 좌측으로 치우친 사람이 삼십 퍼센트를 차지하며 중간에 위치한 사람이 이십 퍼센트를 차지한다. 소용돌이 방향은 우선회가 좌선회보다 십 퍼센트 정도 많은 것으로 알려져 있다. 하지만 인간은 이것을 전혀 의식하지 않고 살아가거나 우주를 전혀 의식하지 않고 살아가는 경우가 대부분이다.
>
> – 이외수, 〈글쓰기 공중부양〉 중에서

✔ 토론해 보기

☞ 다음 글을 읽고 아래의 낱말에 대하여 각자 나름대로 정의해 보고 함께 의견을 나누어 보자.

> 공평이란
> 강아지와 고양이를 똑같이 사랑해 주는 것
> 강아지 밥을 줄 때 고양이 밥도 같이 주는 것
> 필요한 사람에게 더 많이 주는 것
> 책을 옮겨 놓을 때 형은 책을 다섯 권씩 나르고 나는 세 권씩 나르는 것
>
> 배려란
> 다른 사람에게 방해가 되지 않도록 영화가 시작되기 전에 손전화를 꺼 두는 것
> 남을 생각하는 마음. 남을 불편해하지 않도록 미리 생각해 행동하는 것
> 친구를 위해 걸음을 천천히 걸으면서 같이 이야기하는 것
>
> – 채인선, 〈아름다운 가치사전〉에서

유머란?

자신감이란?

✔ 써 보기

☞ 다음 글을 읽고, 여러분이 최근에 관심을 갖게 된 대상이나 취미에 대하여 설명하는 글을 써 보자.

북아트는 원래 1990년대 이후 국내에서 소개되기 시작하였으며, 현재 '책 만들기' 혹은 '메이킹 북(making book)'이라는 용어와 같은 의미로 쓰이고 있다. 폴 존슨(Paul Johnson)의 저서가 국내에 소개된 이후 교과 학습의 다양한 영역에서 북아트의 방법론적 특징을 연계시키려는 시도가 꾸준히 이어져 오고 있다. 북아트와 글쓰기, 혹은 국어과 학습을 하나의 프로그램으로 묶어 지도하는 수업 방식은 이미 유치원생과 초등학생을 대상으로 하는 학습 프로그램에 많이 적용되고 있다. 특히 초등학교 교육에서 교과 단원의 정리, 글쓰기, 독후 지도 활동 영역 등지에서는 비교적 다양하게 활용되고 있는 실정이다.

북아트는 책의 형식을 가진 시각 예술 작품으로 아트 북, 아티스트 북, 책 오브제까지 포함하는 미술 장르를 통틀어 가리키는 개념이다. 일반적인 책과 북아트의 다른 점이라고 하면 일반적인 책이 내용을 중요하게 여기는 데 비해 북아트는 내용뿐만 아니라 내용을 담고 있는 겉모습도 중요하게 생각한다는 것이다. 북아트에서는 전달하고자 하는 내용을 효과적으로 표현할 수 있는 다양한 형식을 사용하며 모든 부분을 통하여 작가의 개성과 독창성을 드러낼 수 있다.

북아트라는 용어는 1973년 뉴욕 근대 미술관(MOMA) 사서인 클라이브 필포트(Clive Philpott)가 처음 사용하였으며 국내에서는 1990년 서울의 워커힐 미술관이 기획한 〈책을 주제로 한 오브제〉전에서 처음으로 외국에서 활동하는 주요 북아트 작가들의 작품이 소개되었다. 최근에는 2004년부터 서울 세계 북아트 페어가 열려 일반인들도 북아트에 관심을 갖게 되었다. 해마다 열리는 국제 도서전의 한 벽면을 차지하면서 그 입지를 세워 가는 북아트 관련 부스들은 관람객들의 시선을 충분히 끌어당기고도 남는 매력이 있다.

– 이은미, 〈글쓰기를 위한 북아트〉에서

제3절 _ 정서를 표현하는 글쓰기

정서를 표현하는 글쓰기에는 사물이나 현상에 대한 개인의 생각이나 느낌을 표현한 감상문, 그리고 시나 수필, 소설 등 다양한 문학적 장르를 활용하여 개인의 정서를 표현하는 글쓰기가 포함된다. 감상문은 주로 책을 읽거나 영화를 본 후에 쓰는 경우가 많다. 다만 무심히 읽거나 보는 행위로 그치지 않고 행간의 의미를 새기는 것이 무엇보다 중요하다. 시나 소설을 쓰는 활동은 그보다 훨씬 수고로움이 필요하다. 시나 소설에 대한 기초적인 이해가 필요하고 다양한 표현기법에 대한 훈련 또한 함께 이루어져야하기 때문이다.

✔ 생각해 보기

☞ 다음 글을 읽고 여러분이 최근에 본 영화를 떠올리고 어떤 글쓰기를 할 수 있을지 생각해 보자.

영화 '리틀 포레스트'는 일본의 인기 만화가 이가라시 다이스케의 동명 만화를 원작으로 한 작품이다. 이미 2015년 개봉한 일본의 동명 영화 '리틀 포레스트 : 여름과 가을' '리틀 포레스트 : 겨울과 봄'은 비록 흥행하진 못했지만, 두꺼운 마니아층을 만들었을 만큼 웰메이드 영화로 잘 알려져 있었다. 그러던 차에 임순례 감독은 이 영화의 원작을 훼손시키지 않으면서도 우리나라 실정에 맞게 줄거리를 재구성하고, 한국 자연의 사계절을 모두 담아내는 '리틀 포레스트'의 한국화를 시도했다.

임순례 감독은 한 인터뷰에서 본 작품을 선택한 이유를 "폭력적이고 자극적인 소재가 주를 이루는 요즘, 관객들에게 편안하고 기분 좋은 휴식 같은 영화를 선물하고 싶어 연출을 결심했다"고 밝혔다. 평론가들의 호평과 영화를 통해 평온함과 위안을 얻었다는 관람객들이 상당수인 것을 보면 감독의 연출 의도는 성공한 것으로 보인다.

서울 생활에서 대학을 졸업한 후 혜원이 가졌던 목표는 교사 임용고시에 합격하는 것이었다. 필기시험으로 합격여부를 가리는 임용고시의 특성상 그녀는 노량진으로 보이는 학원가에서 인스턴트로 하루 세끼를 해결하며 암기식, 주입식 학습에 매진하고 있었다. 그러나 시험 최종 결과는 불합격. 혜원은 절망한다. 결국 그녀는 한겨울에 고향 집으로 돌아와 잠시 휴식을 취하게 되는데, 고등학교 졸업까지 엄마와 단 둘이 살던 집에는 이제 아무도 남아 있지 않고 홀로 생활해야 하는 처지임을 깨닫는다. 말 그대로 자급자족해야 하는 상황에 놓인 것이다. 하지만 혜원은 씩씩하게 장작도 패고, 농사를 지으면서 독립적으로 삶을 살아낸다. 나는 영화 속에서 그래도 혜원의 엄마가 딸에게 몇 가지 훌륭한 교육적 자산을 남겨주고 떠났다는 생각이 들었다.

먼저, 독립심이다. 극 중 혜원은 뭐든지 혼자서 해보려고 도전한다. 시골에 살기 때문에 뭐든지 할 수 있는 것은 아닐 터. 혜원 엄마의 교육방식이 남달랐기 때문일 것이다. 처음 겪어보는 일이라도 남에게 쉽게 의존하지 않고 직접 시도하는 모습에서 그녀의 강한 자립심을 엿볼 수 있다.

둘째, 회복탄력성이다. 영어로는 Resilience라고 불리는 이 개념은 최근 들어 심리학, 교육학계 등에서 크게 주목받고 있다. 혜원은 남자친구와 함께 임용고시를 준비하고 있었는데, 최종 시험결과는 남자친구는 합격, 그녀는 낙방이었다. 혜원은 크게 낙담한다. 하지만 진정 중요한 것은 누구에게나 필연적으로 찾아오기 마련인 시련과 실패의 상처를 어떻게 회복할 수 있느냐에 달려 있다. 혜원은 낙심한 상황에서도 긍정적으로 자신에게 필요한 회복의 시간을 가졌다. 어렸을 적 잠시 왕따가 됐을 때 엄마가 가르쳐준 대로 타인의 시선과 평가에 휘둘리지 않으면서 자존감을 서서히 회복시켜 나갔다.

셋째, 부지런한 생활습관이다. 극 중 가장 많이 등장 하는 장면은 혜원의 요리와 식사 장면이다. 혜원은 매번 정성스레 식사를 준비한다. 맛좋고 훌륭한 요리에 부지런함은 필수 재료다. 어린시절 엄마에게서 요리를 배운 혜원은 자연의 식재료와 함께 시간을 들여 자신과 타인을 위한 한 끼를 준비한다. 혜원의 엄마는 부지런히 준비한 요리로부터 얻는 만족감과 행복을 일찍이 느끼게 해줌으로써 딸에게 부지런한 생활습관을 체득하게 만들었다.

나는 이 영화를 통해 도시생활의 분주한 일상으로부터 벗어나 자연 속에서 휴식 하는듯한 기분을 느꼈다. 게다가 이 영화는 교육적으로도 충분히 의미 있는 메시지를 갖고 있다. 우리 현대인들은 끝없이 남들과 경쟁하며 살아야 하는 사회구조에서 살고 있다. 그리고 그 경쟁의 결과는 승자와 패자를 구분한다. 과연 우리 학생들은 인생에 필연적으로 찾아오는 시련과 실패의 아픔을 잘 이겨낼 수 있는 능력을 충분히 갖추고 있을까. 영화에 대해 생각해보던 차에 근대 교육의 아버지라 불리는 페스탈로치가 떠올랐다. 페스탈로치는 일찍이 노작교육을 통한 피교육자의 전인적 인간형성 발달을 중요하게 생각했다. 그는 "자연의 길은 교육의 원천이며, 인간의 본성을 흡족히 채워주는 밑바탕"이라고 역설했다. '리틀 포레스트'를 보면서 오늘날의 교육 시스템은 인간을 자연으로부터 멀어지게 만들고 있다는 생각이 들었다. 또한 학교에서 지식중심주의 교육풍토가 당연시되면서 조화로운 인간형성이라는 교육의 가치는 오래전 퇴색한 게 아닌지 반추해보게 된다.

– 주현재, '리틀 포레스트'에서 자연주의 교육을 발견하다, 〈한국대학신문〉

✔ 토론해 보기

☞ 다음은 소설가 이외수가 말하는 글쓰기의 비결에 대한 내용이다. 읽어보고 여러분 각자가 가지고 있는 글쓰기의 비결에 대해 이야기를 나누어 보자.

비결은 하나뿐이다. 나는 앞에서 몇 번이나 사물에 대한 애정을 강조했다. 사물에 대한 애정은 글쓰기의 기본에 해당한다. 모든 기술은 대상에 대한 애정에서 비롯된다. 축구에 대한 애정이 없는 축구선수는 경기장에서 관중들에게 박수를 받을 가능성이 희박하다. 극단적으로 말하면 그는 볼보이의 자격조차도 없는 사람이다.

디즈니는 무명시절 골방에 갇혀 혼자 그림을 그렸다. 그때 자주 새앙쥐 한 마리가 나타나 낡은 빵을 씹는 모습을 흘깃거리곤 했다. 디즈니는 녀석에게 낡은 빵을 뜯어서 조금씩 던져 주었다. 그러면서 새앙쥐에게 특별한 애정을 느끼기 시작했다.

만약 디즈니가 새앙쥐를 거부감이나 혐오감으로만 대했다면 디즈니는 평생을 무명으로 지냈을 것이며 우리는 미키마우스를 만나지도 못했을 것이다.

그대가 진실로 남을 감동시킬 수 있는 글을 쓰고 싶다면 먼저 사물에 대한 거부감이나 혐오감부터 몰아내 버려라. 설사 그대가 길을 가다 개똥을 밟았더라도 개똥에게 거부감을 느끼거나 혐오감을 느껴서는 안 된다. 개똥의 입장이 되어서 생각하라. 개똥은 다리가 없기 때문에 피하지 못했고 그대는 다리가 있는데도 피하지 못했다. 그대 마음 바깥에 존재하는 그 어떤 사물도 그대에 대한 거부감이나 혐오감을 가지고 있지 않다. 그대가 그것들에게 애정의 눈길을 순간 그것들도 그대에게 애정의 눈길을 준다.

– 이외수, 〈글쓰기 공중부양〉에서

✔ 써 보기

☞ 다음은 에드바르트 뭉크의 〈비명〉이다. 그림을 감상하며 느낀 점을 자유롭게 써 보자.

제4절 _ 보고서 쓰기

대부분의 보고서는 학술적인 내용을 담고 있으면서 논리적이고 창의적인 결과물로 보여 져야 한다. 주어진 주제에 대하여 자신만의 창의적인 문제를 제기하고 관련된 정보를 수집하여 타당한 논리를 이용하여 독자를 설득할 수 있어야 하는 글쓰기이다. 정확하고 객관적으로 쓰되, 간결하고 명확해야 한다. 그리고 목적과 필요성, 기간, 대상, 방법, 결과 등을 자세히 밝혀 주는 것이 좋다. 보고서를 쓸 때에는 조사나 연구에 필요한 시간이 제한된 경우가 많으므로 효율적으로 시간을 분배하고 쓰기 과정을 진행해야 한다. 일반적으로 대학에서 보고서를 쓸 때 주로 사용하는 기본 형식은 표지(表紙), 차례, 본문, 참고문헌의 4개 단위로 구성된다.

'그리스 · 로마 신화'를 읽고 이에 대한 감상 리포트를 제출하라고 했을 경우를 예로 들어 보자. 먼저 그리스 · 로마 신화를 그대로 요약해 제출한 리포트가 있을 수 있다. 이때 요약을 비교적 충실하게 잘한 보고서가 있을 수 있고, 요약도 제대로 하지 못한 리포트도 있을 것이다. 한편, 그리스 · 로마 신화를 동양의 신화와 비교한 리포트나, 그리스 · 로마 신화 중 여성에 관련된 신화와 동양의 신화 중 여성에 관련된 신화를 비교한 리포트가 있을 수 있다. 이 경우 요약에만 그친 리포트보다 그것을 다른 신화와 비교 · 검토한 리포트가 더 높은 평가를 받는 것은 당연한 일이다. 같은 주제로 시작했지만, 그 주제를 어떻게 발전시켰는지, 그 주제를 어떻게 독창적으로 다루었는지에 따라 보고서의 수준이 확연히 달라질 수 있다.

보고서의 종류에는 다음과 같은 것이 있다. 각자 자신에게 필요한 보고서의 유형을 찾아 효과적인 글쓰기를 해보자.

① 관찰 보고서 : 특정한 문제에 대해 깊이 있게 관찰한 것을 정리, 발표하는 보고서
② 조사 · 답사 보고서 : 조사대상의 실태를 조사하거나 현장 답사 한 후 결과를 정리한 보고서
③ 실험 보고서 : 실험을 수행하고 과정, 절차, 결과를 알리는 보고서

✔ 생각해 보기

☞ 다음은 보고서를 쓸 때 지켜야 할 기본적인 요소들을 정리한 것이다. 본인의 글쓰기 습관과 비교하며 스스로 평가표를 완성해 보자.

구분	기본적 요소 항목	확인
1	가능한 한 '서론, 본론, 결론'의 형식을 갖추어야 한다.	
2	표지와 목차를 만들어야 한다.	
3	과제 부여자의 의도를 정확히 파악한다.	
4	주제의 범위를 한정해 구체적인 주제를 잡는 것이 꼭 필요하다.	
5	시간 계획을 짠다. 시간 계획은 자료를 수집하고 정리하는 기간과 집필하는 기간으로 나누어 짠다.	
6	주제와 관련된 문헌을 찾아보고, 참고문헌 목록을 만든다.	
7	아우트라인을 작성한다.	
8	초고를 작성한다.	
9	퇴고하여 정서한다.	
10	표지, 목차, 참고문헌 목록들을 만들어 첨부한다.	

✔ 토론해 보기

☞ 보고서는 학생 스스로 정보를 수집하여 문제를 해결하고, 그 결과를 보고하는 양식을 지니고 있다. 다음은 이러한 보고서 작성을 통해 기대할 수 있는 효과를 나열한 것이다. 이 외에 어떤 효과를 기대할 수 있는지 다양한 의견을 나누어 보자.

① 학생들로 하여금 해당 과목과 관련된 자료나 참고서, 논문을 읽게 함으로써 학생들의 관심을 확장시키고 독서력과 글쓰기 능력을 기르는 효과를 가진다.

② 시간이 부족해 강의실에서 미처 다루지 못한 문제를 학생들이 직접 접촉 할 수 있게 해줌으로써 강의를 보충하는 효과를 가진다.

③ 자료를 읽고 그것을 자기 나름대로 정리해 자기주장을 논리적이고 체계적인 방식으로 제시하는 훈련의 기회를 제공함으로써 사회에 나가서 마주치게 될 다양한 문서작성에 대처하는 능력을 키운다.

✔ 써 보기

☞ 아래 빈칸에 이번 학기에 제출한 과제 보고서의 목차를 정리해 보자. 그리고 앞에서 제시한 평가표의 항목과 비교하여 다시 수정하여 보자.

제5절 _ 내 삶에 대한 글쓰기

모든 글쓰기가 다 그렇지만 특히 '내 삶에 대한 글쓰기'의 영역은 현재의 관점에서 자신이 직접 겪었던 일을 바탕으로 써야 하므로 자신의 삶을 재평가하고 성찰할 수 있다는 특징이 있다. 일기나 편지 같은 생활문이나 여타의 자전적인 글쓰기, 그리고 자기소개서 쓰기 등을 여기에 포함시킬 수 있다. 더구나 요즘 개인 블로그나 미니홈피에 최근의 본인의 일상이나 사회 현상에 대한 자신의 생각, 지극히 사적인 내용까지 써서 올려놓는 일이 흔해지면서 '내 삶에 대한 글쓰기'의 영역은 더욱 확장되어 가고 있다.

✔ 생각해 보기

☞ 다음 글을 읽고 자신의 삶에 대한 글쓰기를 위한 소재를 고민해 보자.

> 모든 에세이의 출발점은 '나'다. 하지만 수필은 이야기를 넘어서고 단순한 회상을 넘어선다. 수필 속에서 작가는 어떤 것에 대해 설명하기도 하고, 다른 작가의 말을 인용하는가 하면, 새로운 지식을 알려주기도 한다(보잉767의 몸체에는 나사가 몇 개나 박혀 있을까? 가수 카니예 웨스트의 고향은 어디일까? 바닷게는 어떻게 탈피를 할까?). 즉, 작가의 머릿속에 든 것이나 작가의 세계와 관련된 것이면 무엇이든 수필의 글감이 된다. 작가 안에 '풍부하게 비축해놓은 마음well-stocked mind' (한때 내가 들었던 수업에서 엘리자베스 하드윅(Elizabeth Hardwick)이 일러준 말이다)에서 뽑아낸 자금들을 이런 식으로 병치해놓으면 '의미'가 따라오게 된다.
>
> 당신의 머릿속에 있는 무언가가 이야기가 되고, 그렇게 삶에서 이야기를 끄집어낼 때 당신의 삶 자체는 이야기의 증거가 된다. 수필 작가는 자신의 삶이 독자와 자신에게 뚜렷이 드러날 때까지 이야기의 증거로서의 삶을 면밀히 따져본다.
>
> 이제 첫발을 내딛은 그대들이여, 개요 따위는 잊어버려라! 중요한 것은 발견이다. 계획이 너무 빈틈없으면 빠져나갈 여지가 없어진다. 빈틈으로 빠져나가 예상치 못한 곳으로 흘러가는 재미를 발견할 수가 없는 것이다.
>
> – 빌 루어바흐, 크리스틴 케클러, 〈내 삶의 글쓰기〉 중에서

✔ 토론해 보기

☞ 다음 글을 읽고 작가가 자신의 삶에 대해 쓰기 위해 선택한 방식에 대하여 이야기를 나누어 보자.

> 자화상을 그리듯이 쓴 글 이런 글을 소설이라고 불러도 되는 건지 모르겠다. 순전히 기억력에만 의지해서 써 보았다. (…) 이번에는 있는 재료만 가지고 거기 맞춰 집을 짓듯이 기억을 꾸미거나 다듬는 짓을 최대한으로 억제한 글짓기를 해 보았다. 그러나 소설이라는 집의 규모와 균형을 위해선 기억의 더미로부터의 취사선택은 불가피했고, 지워진 기억과 기억 사이를 자연스럽게 이어주기 위해서는 상상력으로 연결고리를 만들어 주지 않으면 안 되었다.
>
> – 박완서, 『그 많던 싱아는 누가 다 먹었을까』, 작가의 말 중에서

✔ 써 보기

☞ 자기를 소개하는 글은 상대방에게 자기가 어떤 사람인지를 알려주어 나에 대해 긍정적인 인상을 갖게 하는 데에 목적이 있다. 다음은 자기소개서를 쓸 때 유의할 점들을 정리해 놓은 것이다. 각 항목에 유의하면서 자기소개서를 써 보자.

> ① 과다한 수사법이나 추상적 표현을 피하고 간결한 문제의 단문을 사용한다.
> ② 가족 사항이나 가정환경, 성장 과정을 순차적으로 제시한다.
> ③ 성격(性格)에 관한 단점은 지적하되 그것을 극복하고자 하는 본인의 의지와 노력 과정을 보여주어 발전적인 인물이라는 인상을 주도록 한다.
> ④ 응시 업종과 관련 있는 사항을 중심으로 학교생활 이외의 과외 활동이나 봉사 활동을 한 경험을 상세하게 소개한다.
> ⑤ 자신의 개성이나 능력을 보여줄 수 있는 특기사항에 대해서 구체적으로 소개하되 과장은 금한다.
> ⑥ 지망회사의 업종이나 특성과 연관시켜 구체적으로 밝히고, 앞으로의 목표와 자기개발을 위해 어떠한 계획과 각오로 임할 것인지 구체적으로 언급하도록 한다.

☞ 개인연보 글쓰기 써보자.

예시)

1세	– 탄생 → 꿈(태몽), 시간(생년월일시), 공간(태어난 병원), 인간(집안의 몇 번째 아이)
2세	– 돌 ; 본명, 아명, 별명 등등 / 돌잡이(?) / 세례
3–4세	– 아버지 및 어머니(직업, 이사)
5–6세	– 놀이와 유치원 친구(생활)
7–8세	– 초등학교 1학년
9세	– 초등학교 2학년
10세	– 초등학교 3학년
11세	– 초등학교 4학년
12세	– 초등학교 5학년
13세	– 초등학교 6학년
14세	– 중학교 1학년
15세	– 중학교 2학년
16세	– 중학교 3학년
17세	– 고등학교 1학년
18세	– 고등학교 2학년
19세	– 고등학교 3학년
20세	– 대학교 1학년
21세	– 미래의 모습(1년 후 구체적 서술)
31세	– 미래의 모습(10년 후 구체적 서술)

✔ 쉬어가며 엿보기

'자소서'로 절망하기, 다시 서기

교양 글쓰기에서 다루는 가장 기본적인 글의 유형이 바로 자기소개서, 즉 '자소서' 쓰기다. 스스로에 대해 자신만큼 정확하게 잘 아는 사람이 어디 있으랴 싶지만, 자기소개서를 쓰다보면 자신에 대해 치명적인 정보의 빈곤감을 느끼게 된다.

자기소개서 쓰기는 이력서 쓰기와는 확연히 다르다. 보이는 사실을 있는 그대로 빠짐없이 객관적인 근거로 보여주기만 하면 되는 이력서와는 달리 자기소개서는 잘 써야 한다. 바로 이 잘 써야한다는 부분이 여러 학생들의 어깨에 부담을 얹어주고, 심지어는 절망하게 하고 그런 것 같다. 그래서 준수한 외모에 유명 대학의 인기학과를 졸업하고 화려한 스펙을 마련해둔 사회초년생들도 때로 자기소개서를 쓰는 과정에서 뜻하지 않게 여러 번 절망하게 되는 것이다.

자기소개서 쓰기를 지도하다 보면, 예전에도 어렵지 않게 만날 수 있었던, 나름대로 안타깝고 절박한 사연들이 겹쳐 떠오르곤 한다. 거기에는 놀라울 만큼 뚜렷한 공통점이 있었다.

이런 글을 분명 어디선가 본 적이 있는데….

"저는 엄부자모 슬하의 평범한 가정에서 2남1녀의 장남으로 태어나…." 너무 익숙해서 버려질 수밖에 없는 슬픈 표현이다. "어려서부터 책임감이 강하고, 학창시절 학생회 활동을 통해 리더십을 키워왔으며…."

안타까운 사실은 이제 더 이상 다음 내용이 궁금해지지 않는다는 점이다. 사실 이 학생은 드물게 성실하고 많은 부문에서 재능감을 보이는 재원이었다. 하지만 강은 건너봐야 알고 사람은 겪어봐야 안다고 하지 않았던가. 이 학생의 자기소개서 안에 들어있는 '무엇이든 잘 합니다', '어떤 일이든 최선을 다하겠습니다'와 같은 이어지는 표현들은 결코 본인을 드러나게 만들 수 없었다. 기업이나 기관에서 요구하는 자기소개서 안에는 무엇이든 잘 하는 사람보다 특정한 자기 분야에서 탁월한 전문성을 보여줄 인재를 원하기 때문이다. 해마다 이렇게 똑같은 문장을 구사하는 만능맨들이 나를 안타깝게 한다. 심지어 이들 중에는 적지 않은 비용을 들여 외부 컨설팅 업체에서 자기소개서 쓰기에 대한 전문 상담까지 받아본 이들도 있었으니 더욱 기가 막힐 노릇이다.

자기소개서는 정말 잘 쓴 글이어야 하지만, 문법적으로 완벽한 문장이나 문체가 세련된 명문을 원하는 것은 아니다. 물론 기본 어법은 최대한 지켜 써야 하고, 읽는 이에게 감명을 줄 수 있는 문장이라면 더할 나위 없이 좋다. 하지만 정해진 자기소개서 분량 안에서 주어와 서술어는 반드시 호응해야 한다는 점을 강조하고, '-으로서'는 자격을 나타낼 때, '-으로써'는 방법이나 수단을 나타낼 때 써야 한다는 점을 잔소리하기에 갈 길이 너무 멀다. '나는'과 '저는'을 글 안에서 혼용하지 말라든가, 전달하고자 하는 글의 내용을 정보량으로 볼 때, '-습니다' 같은 경어체의 문장보다는 평어체인 '-이다/하다'를 사용하라는 빤한 지적은 이제 그만하고 싶다. 예를 들어 설명하되 중복을 피하고 관련된 데이터 수치를 적절히 활용하면 좋다는 것쯤은 학생들 사이에 이미 상식이 되어 있다고 믿고 싶다. 그렇다면 가르치는 사람의 지나친 욕심이나 게으름이 되는 걸까?

자기소개서를 자기 자신만큼 잘 쓸 수 있는 사람은 없다. 그렇다면 자기소개서는 자기가 가장 잘 쓸 수 있는 글이어야 한다. 다만 문제는 그 글이 읽는 사람에게 감동을 주어야 한다는 점이다. 그러기 위해서는 미련할 만큼 수없이 고쳐 쓰는 작업이 필요하다. 자신만이 보여줄 수 있는 창의성과 전문성을 바탕으로 스스로 준비된 인재를 만들어가야 한다. 〈남태평양 이야기〉의 작가 미치너(James A. Michener)는 자신의 명문장에 대해 이런 표현을 남겨 세상 사람들을 부끄럽게 하였다.

"나는 별로 좋은 작가가 아니다. 다만 남보다 자주 고쳐 쓸 뿐이다."

미치너의 글쓰기 경지에 이르도록 고쳐 쓰기까지는 바라지도 않을 뿐더러, 또 그럴 필요도 적다. 다만 자기소개서를 잘 쓰기 위해서는 자기가 살아온 인생에 대한 절망을 이겨내야 하고, 그 다음엔 자신의 글쓰기에 대한 절망을 떨쳐내야 한다. 그리고 다시 서야 한다. 인사 담당자의 눈에 쏙 드는 맞춤형의 인재로.

– 신현규, '자소서'로 절망하기, 다시 서기, 〈경기신문〉

제6절 _ 요약하는 글쓰기

요약하는 글쓰기란 글 안에서 중심이 되는 내용을 추려내어 간략하게 정리하여 쓰는 것을 말한다. 요약하는 글쓰기를 잘 하면 독해 능력 뿐 아니라 다양한 의사소통 상황에서 필요한 정보를 효율적으로 사용할 수 있다. 요약하는 방법은 글의 종류에 따라 다르다. 설명하는 글은 중요한 정보를 중심으로, 주장하는 글은 주장과 근거를 중심으로 요약해야 한다.

요약하는 글을 쓸 때 사용할 수 있는 일반적인 규칙으로 다음과 같은 네 가지를 들 수 있다(Brown & Day, 1983).

① 삭제(deletion) : 중요하지 않거나 중복되는 정보는 삭제한다.
② 일반화하기(superordination) : 구체적인 개념이나 세부 사항들은 그 단어들을 포괄하는 일반적인 용어로 바꾸어 쓴다.
③ 선택(selection) : 문단의 중심 내용이 분명히 드러나 있으면 그 문장을 선택한다.
④ 구성(invention) : 중심 내용이 분명하게 드러나지 않는 경우, 주요한 내용을 바탕으로 새로 문장을 만들어낸다.

그리고 요약하는 글쓰기가 끝난 다음에는 반드시 요약한 글을 검토하고 수정하여 다듬어야 한다.

✔ 생각해 보기

☞ 요약하기를 잘 하면 좋은 상황에 대하여 떠올려 보자. 또 평소에 요약하기를 할 때 본인이 가지고 있는 습관에 대하여 생각해 보자.

✔ 토론해 보기

☞ 다음 글을 읽으면서 지구 온난화가 왜 문제가 되는지에 대하여 내용을 간단히 요약해 보자. 요약한 내용을 친구들과 비교해 보면서 요약하기의 어떤 규칙을 사용하였는지 이야기를 나누어 보자.

지구 온난화는 벌써 모든 종류의 사물에 영향을 미치고 있으며, 우리는 미래에 다가올 몇 가지 결과에 대해 다음과 같이 예측할 수 있습니다.

만년 빙하가 녹아 바닷물 수위가 상승합니다. 바닷물의 수위가 높아지면, 바닷물이 해안 근처에 있는 지층을 침입하게 되고 아주 넓은 지역에 걸쳐 홍수가 일어나게 됩니다. 카이로, 상하이, 방콕, 베니스 등과 같은 도시 전체, 이집트, 방글라데시, 인도와 같은 나라들의 넓은 지역, 투발루(태평양 중남부의 섬나라), 키리바시(태평양 중부의 섬으로 된 공화국), 또는 몰디브(인도양에 있는 공화국) 등과 같은 섬나라들은 물속으로 사라질 수도 있습니다. 이런 일이 일어나면 세계 인구의 약 절반이 보금자리를 잃게 됩니다.

바다 온도가 올라갑니다. 바닷물 온도가 올라가면 물고기 등 바다 동물이 영향을 받습니다. 그들 중의 일부는 지나치게 많이 잡혀서 이미 멸종의 위협을 받고 있습니다. 지난 40년 동안, 북아메리카의 서부 해안의 온도가 섭씨 1도 증가했고, 이 때문에 동물성 플랑크톤이 70% 정도 줄었습니다. 지금은 동물성 플랑크톤을 먹고 사는 큰 물고기의 수가 더 줄어 많은 수산업 회사들도 문을 닫게 되었습니다.

식물에 영향을 줍니다. 기후의 변화는 특별한 장소에서 살 수 있는 식물에게 영향을 줍니다. 식량 작물도 기후의 영향을 받습니다. 2030년 무렵이면 수확되는 식량의 10~30%가 줄어들 거라고 합니다.

동식물이 멸종합니다. 기온이 올라간 지역의 많은 식물과 동물이 멸종할 것입니다. 또한 그 식물과 동물은 자연의 장벽이나 인간이 만든 장벽 때문에 다른 곳으로 이동을 할 수도 없습니다. 오스트레일리아의 희귀한 동물인 '산주머니쥐'가 그러합니다. 이 동물은 빅토리아와 뉴사우스웨일즈의 눈이 오는 산꼭대기에 있는 아주 작은 지역에서 서식합니다. 그런데 스키 휴양이작 확장되면서 그 작은 섬 같은 서식지가 이미 줄어들었습니다. 지구 온난화는 산주머니쥐에게는 사형 선고와도 같습니다.

지구 온난화는 날씨에 또 다른 변화들을 가져오고 있습니다. 대부분 장소에서는 비가 더 많이 올 것입니다. 더 혹독한 자연재해, 다시 말해서 사나운 폭풍, 매서운 바람, 사이클론(인도양 방면의 폭풍우), 허리케인(멕시코 방면의 폭풍우), 가뭄, 폭염, 잘 꺼지지 않는 산불과 홍수 등이 더 많이 생길 것입니다.

말라리아, 뇌염, 황열병, 뎅기열, 수면병과 콜레라 등의 열대성 질병들은 열대 지역의 외곽이 더워질 때 퍼지는 성질이 있습니다. 습도가 높아지면 기관지염이나 천식과 같은 질병들도 더 자주 발생할 것입니다. 또한 곤충들이 입히는 농작물 피해도 늘어날 것입니다.

– 존 니컬슨, 정상률 옮김, 〈우리가 숨쉬고 있는 공기 이야기〉 중에서

✔ 써 보기

☞ 다음 글을 읽고 주장과 근거를 중심으로 요약하는 글을 써 보자.

우리가 말하고 쓰는 모든 단어가 사전에 오르는 것은 아니다. 사전의 성격에 따라 차이가 있기는 하지만 유행어 사전과 같은 특별한 목적의 사전이 아니라면 단어로서의 자격을 안정적으로 확보한 단어라야 사전에 오르는 것이다. 아무리 널리 사용되는 단어라 해도 그것이 일시적으로 사용되는 유행어라면 사전에 오를 자격을 확보했다고 할 수 없다. 80년대 초반의 광고를 기억하는 사람이라면 '따봉'이라는 말을 알 것이다. 그때 얼마나 많은 사람의 입에 오르내렸는가? 그런데 이제 그 말을 기억하고 쓰는 사람은 없다. 이처럼 잠깐 스쳐 가는 유행어를 일일이 사전에 올릴 수는 없는 것이다.

그러면 '얼짱'은 사전에 오를 수 있는가? 이에 대한 답은 '얼짱'이 유행어인가 아닌가에 따라 달라진다. 이 단어는 2002년 신어자료집에 올랐고 지금까지 쓰이고 있으므로 유행어라고 하기에는 명이 길다. 그런데 계속 명을 유지하면서 단어의 자격을 획득할 것인가? 이에 대한 답을 내리기는 지극히 어렵다.

몇 가지를 고려해 볼 수 있다. 첫째는 이 단어를 써야 할 필요가 지속적으로 있겠는가 하는 점이다. 외모 지상주의 열풍에 휩싸인 사회 분위기를 타고 퍼진 말이 '얼짱'인데 과연 그런 분위기가 지속될 것인가? (글쓴이는 부정적이다.) 분위기가 바뀌면 그런 말을 쓸 일이 없어진다.

다음은 단어의 구성이다. 단어의 짜임이 자연스러우면 계속 사용될 가능성이 높다. 그런 면에서 '얼짱'은 별로 좋은 조건이 아니다. 익히 알려졌듯이 이 말은 '얼굴'과 청소년층에서 속어로 사용하는 '짱'이 결합한 말이다. '얼굴'에서 '얼'을 따서 단어를 만드는 방식도 국어에서는 매우 낯선 방식이다. 이것만으로도 거부감을 갖는 사람들이 있다. 더구나 '얼짱'의 '짱'은 여전히 청소년층의 속어에 머물러 있다. 속어는 자연스럽게 아무 자리에서나 쓰기에는 부담스러운 말이다. 물론 그러한 부담을 극복하고 사용 영역을 넓혀 가는 속어도 없지는 않다. '얼짱'은 신문에서도 종종 등장한다. 그만큼 거부감이 많이 줄어든 것이라고 할 수 있다. 그러나 일상의 자연스러운 대화에서도 거리낌 없이 등장하는가? 그렇게 까지는 되지 않았다는 것이 필자의 판단이다.

'얼짱'이 유사품인 '몸짱, 쌈짱, 껨짱' 등을 만들어 내고 있으니 살아남을 수 있을 것이라고 보는 견해도 있을 것이다. 그러나 시간이 지나면서 유사품을 포함하여 말이 사라진 사례는 많다. 유사품이 많다고 해서 반드시 오랫동안 유지되는 것은 아니다.

이런 점을 고려하면 '얼짱'은 잠시 사용되는 유행어로 그칠 가능성이 높다. 마치 일제 강점기에 한동안 쓰였던 '모던 보이, 모던 걸' 정도의 지위에 그칠 가능성이 높다. 그래서 아직은 사전에 오를 만한 말이 아니라고 생각한다. 좀 더 지켜보아야 한다.

–조남호, "쉼표, 마침표"(제5호 국립국어원, 2006)

✔ 쓰면서 읽을거리 〈퇴고〉

☞ 이태준이 "문장강화"에서 말했듯, 한 번 고친 글은 한 번 고친 글보다 낫고, 세 번 고친 글은 두 번 고친 글보다 나은 것이 사실이다. 사실 퇴고의 중요성은 만 번 강조해도 절대 지나침이 없다. 퇴고에 관련된 다음의 두 지문을 읽으면서 자신의 퇴고 습관을 돌아보자.

> 어떻게 고칠 것인가? 거기엔 먼저 기준이 있어야 할 것이다. 이 기준이 확고하지 못하기 때문에 허턱[1] 아름답게, 허턱 굉장하게, 허턱 유창하게 꾸미려 든다. 허턱 아름답고, 허턱 굉장하고, 허턱 유창한 글은, 화장품을 덕지덕지 바르는 것처럼 도리어 미를 상하게 하는 화장이다.
>
> 먼저 든든히 지키고 나갈 것은 마음이다. 표현하려는 마음이다. 인물이든, 사건이든, 정경이든, 무슨 생각이든, 먼저 내 마음속에 들어왔으니까 나타내고 싶은 것이다. '그 인물, 그 사건, 그 정경, 그 생각을 품은 내 마음'이 여실히 나타났나? 못 나타났나? 문장의 기준은 오직 그 점에 있을 것이다. 문장을 위한 문장은 피 없는 문장이다. 결코 문장 혼자만 아름다울 수 없는 것이다. 마음이 먼저 아름답게 느낀 것이면, 그 마음만 여실히 나타내어보라. 그 문장이 어찌 아름답지 않고 견딜 것인가?
>
> 글을 고친다고 해서 으레 화려하게, 유창하게, 자꾸 문구만 다듬는 것으로 아는 것은 잘못된 인식이다.
>
> – 이태준, 『문장강화』 중에서

퇴고의 중요성은 백 번 천 번 강조해도 지나치지 않다. 습작이란 퇴고의 기술을 익히는 행위인지도 모른다. 그렇다고 퇴고가 외면을 화려하게 만들기 위한 덧칠이 되어서는 안 된다. 진실을 은폐하기 위한 위장술이 되어서도 안 된다. 퇴고를 글쓰기의 마지막 마무리 단계라고 생각하면 오산이다. 퇴고는 틀린 문장을 바로잡거나 밋밋한 문장을 수려하게 다듬고 고치는 일에 그치지 않는다. 퇴고는 글쓰기의 처음이면서 중간이면서 마지막이면서 그 모든 것이다.

시라고 해서 우연에 기댄 착상과 표현을 시의 전부라고 여기면 바보다. 처음에 번갯불처럼 떠오른 생각만이 시적 진실이라고 오해하지 마라. 퇴고가 시적 진실을 훼손하거나 은폐한다고 제발 바보 같은 생각 좀 하지 마라. 처음에 떠오른 '시상' 혹은 '영감'이라는 것은 식물로 치

---

1 [북한어] 이렇다 할 이유나 근거가 없이 함부로

면 씨앗에 불과하다. 그 씨앗을 땅에 심고 물을 주면서 싹이 트기를 기다리는 일, 햇볕이 잘 들게 하고 거름을 주는 일, 가지가 쑥쑥 자라게 하고 푸른 잎사귀를 무성하게 매달게 하는 일, 그다음에 열매를 맺게 하는 일……. 그 모두를 퇴고라고 생각하라.

내가 쓴 시에 내가 취하고 감동해서 가까스로 펜을 내려놓고 잠자리에 들 때가 있다. 습작기에 자주 경험했던 일이다. 한 편의 시를 멋지게 완성하고 뿌듯한 마음으로 잠든 것까지는 좋았는데 그 이튿날 일어나서 밤늦게까지 쓴 시를 다시 읽어 보았을 때의 낭패감! 시가 적힌 노트를 찢어 버리고 싶고, 혹여 누가 볼세라 태워버리고 싶은 마음이 불같이 일어날 때의 그 화끈거림! 나 자신의 재주없음과 무지에 대한 자책!

당신도 아마 그런 시간을 경험한 적이 있을 것이다. 지금 생각해 보면 습작기에 있는 사람에게는 그런 시간이 참으로 소중하다는 것을 느낀다. 한 편의 시를 퇴고하면서 그 시에 눈멀고 귀먹어 버린 자가 겪게 되는 참담한 기쁨이 바로 그것이다. 시에 너무 깊숙하게 침윤되어 잠시 넋을 시에게 맡겨 버린 결과다(사랑에 빠진 사람을 콩깍지 씌었다고 하는 것처럼). 그러나 그렇게 시에 감염되어 있는 동안 당신의 눈은 밝아졌고, 실력이 진일보했다고 생각하라. 하룻밤 만에 객관적인 시각으로 자신의 시를 볼 수 있는 눈으로 변화한 것이다.

김소월의 〈진달래꽃〉은 1922년 7월 《개벽》에 처음 발표되었다.

> 나 보기가 역겨워
> 가실 때에는 말없이
> 고히고히 보내 들이우리다.
>
> 영변엔 약산
> 그 진달래꽃을
> 한아름 따다 가실 길에 뿌리우리다.
>
> 가시는 길 발거름마다

뿌려 노흔 그 꽃을
고히나 즈려밟고 가시옵소서.

나보기가 역거워
가실 때에는
죽어도 아니, 눈물 흘니우리다.

이 시는 우리가 익히 알고 있는 〈진달래꽃〉 하고 상당히 다르다. 1925년 12월에 출간할 시집 《진달래꽃》을 준비하면서 소월은 3년 동안 시를 퇴고한 것이다. 시행을 바꿔 전체적으로 리듬을 유려하게 살렸고, '고히고히'는 '고이'로 줄였으며, '한아름'은 '아름'으로 바꿨고, 2연의 '그'라는 불필요한 관형사도 지웠다. 특히 3연은 대폭 손질한 흔적이 뚜렷하다.

가시는 걸음걸음
놓인 그 꽃을
사뿐히 즈려밟고 가시옵소서

앞서 등장한 '길'과 '뿌리다', '고히'라는 말이 3연에 반복되어 있는 것을 보고 언어의 장인인 소월은 못 견뎠을 것이다. '마다'라는 조사는 얼마나 가시처럼 그의 눈에 거슬렸을까? 이러한 퇴고의 노력 덕분에 오늘날 우리는 '걸음걸음'이라는 생동감 넘쳐 피는 한국적 언어의 아름다움을 맛볼 수 있게 된 것이다.

당신도 시를 고치는 일을 두려워하지 마라. 밥 먹듯이 고치고, 그렇게 고치는 일을 즐겨라. 다만 서둘지는 마라. 설익은 시를 무작정 고치려고 대들지 말고 가능하면 시가 뜸이 들 때까지 기다려라. 석 달이고 삼 년이고 기다려라.

그리고 시를 어느 정도 완성했다고 생각하는 순간, 주변에 있는 사람에게 시를 보여 줘라.

시에 대해서 잘 아는 전문가가 아니어도 좋다. 농부도 좋고 축구 선수도 좋다. 그들을 스승이라고 생각하고 잠재적 독자인 그들의 말에 귀를 기울여라. 이규보도 다른 사람의 시에 드러난 결점을 말해 주는 일은 부모가 자식의 흠을 지적해 주는 일과 같다고 했다. 누군가 결점을 말해 주면 다 들어라. 그러고 나서 또 고쳐라.

절망하여 글을 쓴 뒤에 희망을 가지고 고친다고 한 이는 소설과 한승원이다. 니체는 피로써 쓴 글을 좋아한다고 했고, 〈혼불〉의 작가 최명희는 원고를 쓸 때면 손가락으로 바위를 뚫어 글씨를 새기는 것만 같다고 말했다. 바로 고심참담과 전전긍긍의 문법이다. 시를 고치는 일은 옷감에 바느질을 하는 일이다. 끊임없이 고치되, 그 바느질 자국이 도드라지지 않게 하라. 꿰맨 자국이 보이지 않는 천의무봉의 시는 퇴고에서 나온다는 것을 명심하라.

– 안도현, 『가슴으로도 쓰고 손끝으로도 써라』 중에서

✔ 교양 책읽기 추천 목록

가브리엘 G 마르께즈, 『백 년 동안의 고독』, 문학사상

가와바타 야스나리, 『설국』, 민음사

김광수, 『논리와 비판적 사고』, 철학과 현실사

박경리, 『토지』, 마로니에북스

박완서, 『그 많던 싱아는 누가 다 먹었을까』, 세계사

빌 루어바흐, 『내 삶의 글쓰기』, 한스미디어

송숙희 역, 『로지컬 라이팅』, 리더스북

신현규, 『꽃을 잡고』, 경덕

아놀드 하우저, 『문학과 예술의 사회사』, 창비

안도현, 『가슴으로도 쓰고 손끝으로도 써라』, 한겨레출판사

알랭 드 보통, 『알랭 드 보통의 영혼의 미술관』, 문학동네

윤영삼 역, 『논증의 탄생』, 홍문관

이문열, 『사람의 아들』, 민음사

이보경 역, 『논증의 기술』, 필맥

이오덕, 『무엇을 어떻게 쓸까』, 보리

이외수, 『글쓰기의 공중부양』, 해냄

이은미, 『자서전, 내삶을 위한 읽기와 쓰기』, 보고사

이청준, 『당신들의 천국』, 문학과지성사

이태준, 『문장강화』, 창비

장 폴 사르트르, 『문학이란 무엇인가』, 문예출판사

장하늘, 『문장 표현의 공식』, 문장미디어

조정래, 『태백산맥』, 해냄

채인선, 『아름다운 가치사전』, 한울림어린이

최현호, 『이야기 중심의 논리와 창조적 사고』, 보성

제 3 장

다양한 주제별 글쓰기

이번 장은 학생들이 주제별 읽기 자료를 분석적으로 이해하고 합리적으로 판단하여 상호간에 효과적인 의사소통을 할 수 있도록 마련되었다. 여기에 나오는 글들이 가지고 있는 다양한 주제에 대해 함께 고민하고 자신의 색깔이 잘 드러나는 글쓰기를 해 보자.

제1절 _소설을 읽는 법

소설을 읽을 때는 빨리 그리고 완전히 몰두한 채 읽으라. 이것이 제일 먼저 하고 싶은 충고이다. 한 권을 앉은 자리에서 끝까지 다 읽어내려 가는 것이 가장 이상적이다. 바쁜 사람이 장편을 읽을 때는 불가능하겠지만 말이다. 어쨌든 가능한 한 짧은 기간 동안 웬만한 소설 한 권을 읽을 수 있도록 하는 것이 좋다. 그렇지 않으면 무슨 일이 있었는지 잊어버리고 줄거리의 흐름을 놓쳐 헤매게 된다.

소설을 정말 좋아하는 어떤 독자들은 잠깐 멈추고, 음미하면서, 가능한 한 아주 오래 질질 끌면서 읽는 경우도 있다 하지만 이렇게 읽는 것은 사건이나 인물을 무의식적으로 느끼면서 바람직하게 읽는 것이라고 할 수 없다. 잠시 후 이 점을 살펴보기로 하겠다.

빨리 그리고 완전히 몰두한 채 읽으라고 했는데, 이는 문학 작품이 독자들에게 어떤 작용을 하도록 그대로 내버려두는 것이 중요하다는 뜻이다. 즉, 독자의 머리속과 마음속에 소설 속의 인물이 들어가도록 하라는 것이다. 어떤 사건이 일어났다면 그 사건에 대한 의문도 접어두고, 이해가 되기 전에 인물들이 왜 그런 행동을 하는지 비난도 하지 말라 독자가 살고 있는 세계가 아니라 그들의 세계에 들어가 열심히 살아보면 그들의 행동도 이해가 될 것이다. 그리고 가능한 한 실제처럼 그 안에서 "살고 있다"는 느낌이 들기 전에는 그 세계를 판단하지도 말아야 한다.

이 원칙을 따르면 그 책이 무엇에 관한 책인지를 묻는 첫 번째 질문에 대한 답을 얻을 수 있다. 재빨리 읽지 않으면 그 이야기의 일관된 흐름을 보지 못하게 된다. 그리고 몰두해서 읽지 않으면 세밀한 내용을 파악하지 못하게 된다. (중략)

사건들이 아주 많이 일어난다 해도 곧 무엇이 중요한 사건인지 알게 된다. 일반적으로 저자들이 이를 위해 상당한 도움을 준다. 독자들이 줄거리 상 중요한 사건을 놓치지 않길 바라기 때문에 다양한 방법으로 암시를 준다. 하지만 처음부터 모든 것이 분명치 않다고 안달을 해서는 안 된다. 사실, 처음부터 분명해야 하는 것은 아니다. 소설은 인생과 같다. 우리의 삶 속에서도 그 당시에는 그 사건을 이해할 수 없어도 후에 되돌아보면 이해할 수 있게 되듯이 말이다. 소설을 읽는 독자도 다 읽고 나서 돌이켜보면 사건의 연관성이나 행동의 순서를 이해할 수 있게 된다.

여기서 똑같은 결론을 얻을 수 있다. 그 책을 잘 읽었다고 말할 수 있으려면 그 이야기를 끝까지 다 읽어야 한다. 그런데 역설적이게도 소설은 그 마지막 페이지에서 인생과 달라진다. 인생은 계속되지만 이야기는 끝나버린다. 등장인물은 책 밖에서 살 수 없고, 첫 페이지가 시작되기 전과 마지막 페이지 이후에 등장인물들에게 어떤 일이 일어날 것인가 하는 상상은 독자마다 달라진다. 그리고 그런 상상은 모두 무의미할 뿐이다. 『햄릿』의 서막에 써 있듯이 우스꽝스러울 뿐이다. 『전쟁과 평화』가 끝나고 나서 피에르와 나타샤가 어떻게 되었는지 질문을 던질 필요가 없다. 정해놓은 시간 안에서 셰익스피어나 톨스토이가 창조해 놓은 것에 만족해야 한다. 더 이상은 없다.

우리가 읽는 대다수의 책은 여러 가지 이야기라고 볼 수 있다. 읽을 수 없는 사람이 듣는 것도 이야기다. 심지어 그런 이야기를 읽는 것으로 우리 자신의 이야기를 만들어 간다. 이야기는 인간에게 없어서는 안 될 것처럼 보인다. 왜 그럴까?

이야기가 인간의 필수품인 한 가지 이유는 의식적인 욕구뿐 아니라 많은 무의식적인 욕구도 충족시켜주기 때문이다. 지식 서적처럼 의식적인 정신에만 영향을 준다고 해도 중요하다. 그러나 소설은 무의식 세계에도 영향을 주기 때문에 중요하다.

이를 논한다면 복잡해질 수도 있다. 아주 간단히 말해, 분명한 이유없이 어떤 사람은 좋아하고 어떤 사람은 싫어하는 것과 같은 차원이라고 할 수 있다. 독자는 소설 속에서 어떤 사람이 잘되고 못되는 것을 보면서 그 책에 대해 좋은 또는 나쁜 감정을 갖게 된다. 그 책이 예술적으로 훌륭한지 아닌지를 떠나서 말이다.

예를 들어, 등장인물이 유산을 상속을 받거나 어떤 좋은 일이 생기면 우리도 기분이 좋다. 그 인물에 대해 "동정적"일 때, 즉 독자가 그 인물과 자신을 동일시할 때에 정말 그렇다. 그런데 우리는 자신이 그런 유산을 상속받고 싶어 한다고 인정하지 않고 단순히 그 책이 맘에 든다고 이야기한다.

누구나 현실보다 더 열렬한 사랑을 하고 싶어 한다. 그래서 소설은 사랑에 대한 이야기가 많고 – 대부분이 사랑 이야기라고 볼 수 있다 – 소설 속에서 사랑하는 인물과 자신을 동일시함으로 기쁨을 얻는다. 그들은 마음껏 사랑하지만 우리는 그럴 수 없다. 그런데 우리는 이를 인정하고 싶어 하지 않는다. 우리의 사랑이 부족하다는 것을 느끼기 때문이다.

또 대부분의 사람들은 사디즘이나 마조히즘 성향을 가지고 있는데, 소설 속에서 승자나 패자 또는 두 사람 모두와 자신을 동일시함으로 만족을 느낀다. 이런 사람들도 구체적으로, 또는 실제로 왜 그런지 그 이유는 모른 채 그저 "그런 책이 좋아"라고 말한다.

마지막으로 우리가 알고 있는 세상은 부조리하다고 느낀다. 왜 착한 사람들이 고통을 당하고 나쁜 사람들이 잘되는 걸까? 알 수가 없다. 괴로운 사실이다. 하지만 이야기 속에서는 이런 혼란스럽고 기분 나쁜 상황이 다 잘되고 우리를 만족시킨다.(중략)

따라서 소설을 비평할 때, 무의식적으로 개인적인 특정한 욕구를 충족시켜, "이유는 모르겠지만 어쨌든 이 책이 맘에 들어"라고 말하게 만드는 책과 거의 모든 사람들의 무의식적인 깊은 욕구를 충족시키는 책을 신중하게 구분해야 한다. 모든 사람의 욕구를 충족시키는 작품은 의심할 여지없이 수세기 동안 사라지지 않고 읽혀질 위대한 작품이다. 인간이 변하지 않는 이상, 이런 작품은 계속해서 인간의 마음에 들 것이며 인간이 지녀야 할 것, 정의에 대한 신념, 깨달음, 불안 해소와 같은 것을 제공해 줄 것이다, 우리는 이 세계가 과연 좋은 세상인지 모른다. 그리고 알 수도 없다. 하지만 위대한 작품의 세계는 좋은 세상이다. 그래서 가능한 한 오래, 그리고 자주 그 속에서 갈고 싶어진다.

– 모티머 J. 애들러/찰스 반 도렌, 〈생각을 넓혀주는 독서법〉 중에서

✔ 생각해 보기

☞ 위의 지문을 읽은 후 자신의 소설 읽는 습관에 대하여 생각해 보자.

✔ 토론해 보기

☞ 작가가 제시하고 있는 소설 읽는 법과 비교하여 자신이 평소에 소설을 읽는 방법에 대하여 다양한 의견을 나누어 보자.

✔ 써 보기

☞ 앞에서 작가가 써 놓은 '소설을 읽는 법'을 참고하여 'OOO을 읽는 법'이라는 제목으로 자신만의 노하우가 담긴 글을 써 보자.

제2절 _ 이어진 공간의 비밀

파리 시내는 유난히 이정표를 만들어 두는 데에 인심이 박하다. 지나온 길을 못 미더워하며 내내 반쯤 돌아선 모습으로 그림 같은 건물들 사이로 걸음을 옮기다 보면, 이젠 설상가상으로 소나기를 만나게 된다. 그때 눈에 들어온 것은 건물 사이에 보이는 좁다란 지붕 끝으로 이어진 긴 통로였다. 비를 피해 건물 안으로 들어간다. 하지만 실은 어떤 건물로도 들어간 것은 아니었다. 파사주passage는 비를 피하면서 덤으로 두 건물에 들어 있는 가게들까지 구경할 수 있는, 미숙한 여행객에게 뜻하지 않은 팁이었다.

지금으로서는 혀를 내두를 만큼 대단한 건축 양식이 돋보일 만한 것은 아니다. 하지만 아무래도 19세기에는 지금보다 더 화려한 공간이었으리라 짐작은 든다. 19세기에 만들어진 이래, 백화점이 생기기 전까지는 화려한 터널식 아케이드로 파리 여성들의 쇼핑 욕구를 채워 주던 공간이었으리라는 점에는 이의가 없다. 그리고 아직까지도 도로 겸 지름길, 또 산책로이자 쇼핑몰의 역할을 톡톡히 해내는 파리의 명물 중 하나로는 인정해 줄 만하다. 언뜻 유리온실 같기도 하지만 터널 같은 구석구석의 장식에 파리의 자존심을 꾹꾹 눌러 붙여 놓은 것 같은 느낌이 강하다. 심지어는 작은 공연을 해도 좋을 것 같다.

하지만 에밀 졸라의 소설을 원작으로 한 영화 「테레즈 라캥In Secret, 2013」을 보면 딱히 그렇지도 않다.

여주인공 테레즈의 음울한 삶이 들어 있던 파리의 파사주 안에 그녀의 가게가 있었다. 살인과 애증이 공존하던 영화 속 공간은 지금처럼 밝지도 활기차지도 않다. 육체적 욕망을 채우기 위해 선택한 살인이 결국 스스로의 파멸을 불러오는 과정은 파사주를 주 배경으로 하고 있다. 어느 곳에도 속해 있지 않은 공간, 그러면서도 정확히 어딘가에 속하고 싶어 하는 공간이 바로 파사주일지 모른다. 남편인 카미유에게 속해 있으면서도 애인인 로랑을 갈망하던 테레즈의 삶도 그렇게 닮아 있었다.

이렇게 이중적이고 묘한 느낌을 불러오는 공간은 어렵지 않게 떠올릴 수 있다. 쇼핑센터나 백화점 앞마당에 열린 특설 매장도 그러하고, 요즘 건물과 건물을 잇는 구름다리 같은 공간들도 비슷한 느낌을 떠오르게 한다, 그리고 오래전, 좁고 긴 담을 따라 이어지던 어린 시절의 터널 같은 장소를 기억나게 한다. (후략)

– 이은미, 〈내가 거기서 기다릴게〉 중에서

✔ 생각해 보기

☞ 이 글에서 작가는 파리의 '파사주'라는 특별한 공간을 통하여 자신의 특별한 경험과 기억으로 연결시키고 있다. 내가 가 본 여행지 중에서 특이한 장소를 떠올려 보고 친구들에게 소개해 보자.

✔ 토론해 보기

☞ 이 글에 나타난 '파사주'의 용도를 파악해 보고, 이 외에 어떻게 다른 공간으로 활용할 수 있을지 의견을 나누어 보자. 또는 이러한 '공간'에 관련된 각자의 경험을 이야기해 보자.

✔ 써 보기

☞ 내가 가 본 여행지 중에서 친구들에게 권하고 싶은 여행지를 선택하고, 그 장소에 대한 자신만의 특별한 기억이나 느낌 등을 자유롭게 써 보자.

제3절 _ 사랑스런 내 딸에게

사랑스런 나의 딸 해나야.

아버지는 너희들이 불쌍한 할아버지 할머니들을 찾아가 하루를 같이 지내며 위문하기 위해선 노래와 연극을 연습한 줄 알았는데, 그동안 너희들의 용돈을 푼푼이 모아서 떡과 과일까지 준비했다는 얘기를 듣고 더욱 놀랐단다. 엄마를 무심코 따라갔던 시장 떡집을 용케도 기억했다가 그 떡집에서 떡까지 주문했다는 얘기는 아빠로서는 믿기지 않았다. (중략)

아빠는 너희들 뒤를 따라간 것을 숨기려고 정문에서 할아버지가 문을 열어주실 때 너희들 도착 사실을 알고 양해를 구하고 식당 뒤켠의 조리실로 몸을 숨겼단다. 만에 하나라도 너희들에게 들키기라도 한다면 아빠의 체면도 말이 아니겠지만 너희들이 당황해할 것이 제일 걱정이었단다.

간밤에 너와 전화통화를 한 책임자 아저씨를 찾는 일이 우선 할 일이었단다. 체구가 아빠만한 책임자 아저씨가 해나가 이곳에 들어온 경위와 그 뒷이야기, 인솔자가 바로 해나이고 신남성초등학교 6학년 2반 아이들이며, 그중에서 남자아이가 일곱, 여자아이가 여섯이라고 자세히 알려주시더구나.

사랑하는 해나야.

너희들이 착한 일을 마지막까지 지켜보고 칭찬도 해주고 돌아오고 싶은 마음 간절했었지만, 아빠는 아빠대로 부끄럽고 아저씨의 일이 뒤범벅이 되어 차마 너희들을 볼 낯이 없었단다.

집에 돌아온 후 하루 온종일 기쁜 마음과 뿌듯함이 뒤얽혀 혼자 눈물까지 흘렸단다.

– 채길웅, 《일출봉에 해 뜨거든》 중에서

✔ 생각해 보기

☞ 이 편지글을 읽고 아버지와 딸에게 있었던 일에 대해서 떠올려 보자.

✔ 토론해 보기

☞ 다른 글쓰기와 달리 편지글을 통해서 잘 전달될 수 있는 것에는 어떤 것들이 있는지 각자 생각해 보고 의견을 나누어 보자.

✔ 써 보기

☞ 좋은 글은 진실하게 자신을 있는 그대로 드러낼 수 있는 용기에서 시작된다. 진실성을 담아 부모님께 편지를 써 보자.

제4절 _ 〈참회록〉은 학생들이 배우기에 적절한 작품인가?

참회록

윤동주

파란 녹이 낀 구리 거울 속에
내 얼굴이 남아 있는 것은
어느 왕조(王朝)의 유물(遺物)이기에
이다지도 욕될까.

나는 나의 참회(懺悔)의 글을 한 줄에 줄이자.
— 만 이십사 년 일 개월을
무슨 기쁨을 바라 살아 왔는가.

내일이나 모레나 그 어느 즐거운 날에
나는 또 한 줄의 참회록(懺悔錄)을 써야 한다.
— 그때 그 젊은 나이에
왜 그런 부끄런 고백(告白)을 했던가.

밤이면 밤마다 나의 거울을
손바닥으로 발바닥으로 닦아 보자.

그러면 어느 운석 밑으로 홀로 걸어가는
슬픈 사람의 뒷모양이
거울 속에 나타나온다.

윤동주의 「참회록」은 4종의 고등학교 문학교과서에 실려 있다. 윤동주는 1917년에 태어나 해방 직전 28세의 나이로 옥사(獄死)한 시인이다. 그는 『하늘과 바람과 별과 시』라는 한 권의 유고 시집을 냈을 뿐이지만, 그 순절성과 서정성 때문에 그의 시는 널리 애송되고 있다. 「참회록」도 그 중의 한 편이다.

얼마 되지 않는 윤동주의 시들은 거의가 내면적 고백의 성격을 띠고 있다. 그리고 서정성이 강하다. 그래서 쉽고 친숙한 느낌을 준다. 그렇지만 실제로 그의 시는 그렇게 쉽지 않다. 시인이 무슨 말을 하는지 모호한 경우가 많다. 유고 시집 『하늘과 바람과 별과 시』에 수록된 작품들 가운데서 「서시」나 표제작 「하늘과 바람과 별과 시」 등 몇 편을 제외하고는 거의가 그 내용이 다소 모호하다고 할 수 있다. 「참회록」은 특히 그러하다. 「참회록」을 읽어보면, 시인이 자신의 삶을 부끄러워하고 또 그것을 참회한다는 내용임은 쉽게 알 수 있지만, 시인이 구체적으로 무엇을 참회하는지는 알기 어렵다. 또한 현재의 참회 내용이 왜 미래에는 또다시 부끄러운 참회의 대상이 되어야 하는지도 이해하기 어렵다. 「참회록」은, 그 자체만으로는 시의 내용을 구체적으로 짐작하기 어려운, 모호한 작품이다. 「참회록」의 의미를 제대로 이해하기 위해서는 시인의 삶과 시인이 처했던 시대 상황 그리고 시인이 남긴 전체 작품들의 맥락을 파악해야만 한다. 그러나 평범한 고등학생의 수준에서 한 시인의 생애와 시인이 처했던 시대 상황 그리고 그 시의 시세계를 종합적으로 파악한다는 것은 무리다. 그것은 고등학생의 수준에서 극히 어려운 일일 뿐만 아니라 별로 필요하지도 않은 일이다. 전문가가 아니라면, 모든 문학작품의 감상은 그 작품 안에서 이루어지는 것이 당연하다. 이런 점에서 「참회록」은, 겉보기에는 쉬운 듯하지만 고등학생들이 읽기에 적합한 작품이 아니다. 윤동주의 작품을 고등학생들에게만 가르치려면, 「서시」나 「별 헤는 밤」 같은 시가 적당하다. 「참회록」은 적절한 선택이 아니다.

그 내용이 분명치 않고 모호한 작품은 가르치는 내용도 모호해질 수밖에 없다. 모호한 작품을 모호하게 가르치는 것은 학생들의 모호한 이해를 부추기게 될 것이며, 나아가 학생들이 시작품이란 원래 모호하고 알 수 없는 것이라는 편견을 갖도록 만들 것이다. 많은 경우, 문학작품의 의미는 애매성을 지닌다. 애매성은 의미의 풍요로움을 낳고, 명료성이 포함할 수 없는 세상의 의미들을 드러내는 기능을 하기 때문에, 문학에서의 애매성은 긍정적인 것이기도 하다. 그러나 이러한 애매성이 의미의 불가해성이나 이해의 자의성과 혼동되어서는 안 된다. 문학작품의 애매성은 어떤 분명한 의미의 점주 안에서의 애매성이다. 그 의미의 범주를 제대로 파악하지 않고 모호하게 이해하거나 자의적으로 이해해도 된다는 생각은 잘못이다. 문학연구과 문학교육에서 이러한 잘못된 생각은 널리 퍼져 있는 것처럼 보인다.

– 이남호, 〈교과서에 실린 문학작품을 어떻게 가르칠 것인가〉 중에서

✔ 생각해 보기

☞ 이 글은 윤동주 시인의 〈참회록〉이 교과서에 실려 학생들이 배우기에 적합한 작품인지에 대하여 작가의 의견을 강하게 드러낸 글이다. 잘 읽어 보고 〈참회록〉에 대한 자신의 견해를 정리해 보자.

✔ 토론해 보기

☞ 작가는 이 글에서 윤동주 시인의 〈참회록〉이 교과서에서 배우기에 적합하지 않은 작품이라고 말하고 있다. 이에 관련하여 찬반 의견으로 팀을 나누어 긍정 혹은 부정에 대한 주장을 펴고 적절한 근거를 들어 토론을 해 보자.

✔ 써 보기

☞ 자기가 좋아하는 시나 소설을 하나 선택하고, 그 작품을 청소년들이 배워야 하는 이유에 대해서 타당한 근거를 들어 주장하는 글쓰기를 해 보자.

제5절 _ 가을 이사, 문화로 읽기

가을 이사, 문화로 읽기

'겨울이 오기 전에 이사를 가야 하는데….' 지난 여름부터 노래를 부르듯이 되뇌었던 말이다. 지금 사는 집은 35년이나 족히 된 아파트로 재건축 예정지이다. 거의 모든 배관마다 녹이 슬어 온수에는 녹물이 섞여 나오고, 난방도 전혀 들어오지 않는다. 한여름을 제외하면 늘 겨울이었으니, 그 겨울은 너무도 길고 또 깊었다. 온 식구가 집안에서 내복에 파카를 입고 덧신을 신으면서 다소 과장을 하면, 입김을 불며(?) 살았다. 다시는 그 경험을 되풀이하고 싶지 않았다. 우여곡절 끝에 칼럼이 게재되는 날에 겨울을 따뜻하게 보낼 수 있는 아파트로 이사를 하게 된다.

본격적인 겨울이 오기 전에 가을철의 전형적인 이사를 선택한 셈이다. 이사하는 날짜가 정해지니 이삿짐 정리가 시작되었다. 그 일은 결국 버려야 할 것과 가지고 갈 것의 구분에 대한 판단의 연속이었다. 쓰지 않는 가전제품은 재활용 업체에 연락해서 치우고, 이사를 다니면서 풀어놓지 못한 채 따라다니던 짐을 과감하게 버리기로 했다.

선조들의 지혜로운 이사

조선시대 우리의 조상들은 좋은 조건을 갖춘 집을 찾아 이사를 하였다. 이중환의 〈택리지〉에 보면 "무릇 살 터를 잡는 때에는 첫째 '지리'가 좋아야 하고 다음에 '생리', 즉 생활에 필요한 물자나 방법이 좋아야 한다. 다음에 '인심'이 좋아야 하고, '아름다운 산과 물'이 있어야 한다. 이 네 가지에서 하나라도 모자라면 살기 좋은 땅은 아니다"라는 기록이 남아있다. 지금과도 그리 다르지 않은 듯하다. 현대적 '지리'는 교통편의시설이 잘 갖추어진 곳이다. 그 중에서도 대중교통 수단인 지하철과 버스가 잘 연계되어 불편함이 없어야 한다. 사는 곳의 근처에 시장이나 마트가 있어 생활이 편해야 '생리'라고 여길 수 있는 셈이다. 다양한 먹을거리가 있는 음식점도 그 조건에 부합한다. 가까이에 크고 작은 종합병원이 있으면 더욱 쓸만하다. 지금의 '인심'이 좋은 지역은 주변의 교육시설이나 문화 환경이 어느 정도 갖추어져 어울려 생활하는 곳이라 비유할 수 있다. 넓은 운동장을 가진 학교 주변이라면 더욱 좋다. '아름다운 산과 물'은 자연과 더불어 산책로나 공원을 끼고 있으면서, 환경을 생각하는 행복의 주요한 조건으로 이어진다.

'이사 문화'의 어제와 오늘

대도시에 살다보면 이사를 해야 할 여러 이유가 생기게 마련이다. 자녀 교육문제 때문에 이사를 하는 것이 현대인에게는 가장 큰 이유 중에 하나다. 돌이켜보면 한국 전통적인 생활문화 중에 이사풍속만큼 다양한 것도 드물다. 이사는 길한 날을 택일하여 가는데, 지금도 손 없는 날을 찾아 이사하는 사람들이 많은 것도 이런 연유에서다. 오늘날 현대의 첨단사회에서 손 없는 날의 이사비용은 30% 내외를 더 받는 것은 '풍속의 프리미엄'이다. 주말이면서 손 없는 날의 경우는 더욱 그렇다. 이사한 뒤에는 떡을 해서 이웃과 나누어 먹는 풍습도 훈훈하다. 여전히 이것은 '이사떡'을 돌리는 인정으로 남아 있다.

이사풍속의 배경사상은 주로 풍수지리사상에 기반을 둔다. 〈택리지〉에 '산 좋고 물 좋고 토질이 좋으며, 햇빛이 잘 들며 음습하지 않은 곳에 집을 지으면 재산이 늘고 자손 대대로 번성할 터'라 하였다. 풍수사상은 살아있는 대지에 포함되어 있는 땅의 '기'에 의해서 인생의 길흉과 복을 점치고 행복을 얻고자 하는 신앙의 성격을 갖는다. 이를 '양택'이라 하여 중요시했다. 안타깝게도 후대에 잘못 인식되어서 '음택'에만 부각되었다는 점이다. 즉 묏자리에만 편중되어 후손발복의 기복사상을 바탕으로 지금의 전통학문 조차 균형을 잃고 음택에 집중한다. 여기서 '발복'은, 즉 운이 틔어 복이 다가옴을 말한다.

이사풍속의 주류를 이루는 사상도 한마디로 '기복사상'이다. 어쨌든 좋은 곳으로 이사를 하는 궁극적인 목적은 복을 많이 받을 수 있는 곳으로 이사하여 잘사는 것이다. 그런데 여전히 발코니에 쌓아 놓았던 짐 정리는 치우고 치워도 아직도 끝이 보이지 않는다.

– 신현규, '이사 문화'의 어제와 오늘, 〈경기신문〉

✔ 생각해 보기

☞ 저자가 '이사'라는 주제를 통해서 이야기하고자 하는 내용이 무엇인지 생각해 보자.

✔ 토론해 보기

☞ 각자가 이사에 얽힌 기억을 떠올려 보고, 이사에 관련된 특별한 습관이나 취향에 대해서 이야기를 나누어 보자.

✔ 써 보기

☞ 현대사회에는 이사 문화 이외에도 예전과 다른 가치관이 적용되어 변화되어가는 문화들이 많이 있다. 결혼이나 제사, 선물 문화 등에서도 쉽게 떠올려 볼 수 있을 것이다. 어떤 것들이 있는지 떠올려 보고, 과거와 현재를 비교하여 앞으로 그 문화에 대한 본인의 생각을 글로 써 보자.

제6절 _ 손병희 선생과의 사랑

"손병희 선생과의 사랑"

주산월(朱山月, 1893~1982)은 본래 평양부 태생으로 8살부터 기생학교에 입학하였는데, 당대의 명기로 이름을 날리었다.

주산월의 본명은 주옥경(朱玉京)이다. 일찍이 「천도교의 3대 교주 손병희」의 뜨거운 총애를 받아오던 그녀는 14세에 기생으로 나섰다. 본래 어려서부터 기생으로 나왔던 까닭으로 이왕 기생노릇을 하는 바에는 한번 개량을 하고자 많은 반대를 무릅쓰고 무부기조합(기생 서방 없는 기생조합)을 창설한다. 바로 '다동기생조합'의 제1대 향수를 지낸다. 비록 얼굴은 그다지 잘나지 못한 편이지만 노래 잘 부르고 춤 잘 추고, 더구나 마음씨가 곱고 태도가 우아해서 장안의 수많은 남자들이 그녀의 뒤를 따랐다고 한다.

서화와 서도에도 능했던 주산월이 손병희 선생의 아낌을 받았음은 단순한 인연만은 아니었던 듯싶다.

22세 때 천도교 의암 손병희 교조가 그녀를 안으로 불렀고 이후 그녀는 자나 깨나 온 마음으로 선생을 모시어, 세 번째 부인이 되었다. 그 무렵 천도교에서는 연중 세 차례의 큰 기념행사가 있었다.

이 세 차례의 기념일이 되면 전국 방방곡곡에서 교인들이 구름처럼 서울에 몰려왔고, 천도교 본부에서는 지금 동대문 밖 상춘원(현 금릉위궁 자리) 뒤 공터에서 원유회를 벌였다. 이 잔치에는 장안의 유명한 요리점들이 총출동하여 모의점을 내고 저마다 음식솜씨를 자랑했으며, 신자들은 아무 곳에 가서도 배불리 먹고 즐겼다. 여기에 노래와 춤이 빠질 리 없었다. 무대를 꾸며 광대가 나오고, 각 권번에서 차출된 기생들이 춤과 노래로 재주를 겨루었다. 이 무렵 서화와 서도에 능했던 주산월이 의암 선생의 주목과 사랑을 받게 되었던 것이다.

두 사람은 30년간의 연차가 있었지만 의암 선생은 그녀를 무척 아껴주었고, 그녀 역시 스승처럼 어버이처럼 의암 선생을 따르고 존경했다.

26세 때인 1919년에 의암 선생이 벌일 3·1운동 거사를 알고, 손님들이 들어와 밤늦게 돌아갈 때까지 문밖에서 주위를 경계하고 있었던 이도 바로 그녀였다. 거사를 앞두고 천도교 자금을 여러 곳에 분산해 두었을 때에도 집에 둔 자금은 모두 그녀가 맡고 있었을 만큼 의암선생의 신망이 두터웠다 한다.

3·1독립만세가 터진 다음 은행이나 천도교에 맡겼던 자금은 일제에 의해 모두 압수되거나 동결되어 한 푼도 쓰지 못하게 되었지만, 그녀가 보관하였던 자금만은 안전하고 유용하게 쓸 수 있었으니, 의암 선생의 사람 쓰는 안목도 눈여겨 볼만하다.

당시 삼엄한 감시를 받으며 기미독립선언을 준비하면서 의암 선생과 다른 지도자들 사이의 연락책도 그녀가 추호의 실수 없이 해냈다고 한다.

1919년 3월 1일 의암 손병희 선생이 명월관 별관인 '태화관'으로 가기 전 제동 자택을 떠날 때 그녀는 솜을 두둑하게 넣은 한복 한 벌을 내놓았다.

하오 1시가 되었을 무렵 천도교 교조인 손병희 선생을 비롯하여 기독교·불교 등 다른 종교계의 인사들도 속속들이 모여들기 시작한다. 불교대표 한용운, 기독교 대표 오화영 목사, 오세창, 최린, 권동진 등 보기 드문 손님이 한방에 모이고 어느 틈엔지 태화정 동쪽 처마에는 태극기가 힘차게 나부끼고 있었다.

이윽고 손병희 선생을 위시한 민족대표 33인 중 이날 참석한 29인이 자리에서 일어나 동쪽을 향해 태극기에 경례한 다음 육당 최남선이 독립선언문을 낭독해 내려갔다. 비장한 독립선언문 낭독에 이어 '대한독립만세' 3창이 우렁차게 터져 나왔고, 기미 독립선언 축하연이 베풀어졌다. 그리고 그 역사적이고 진기한 장면이 벌어진 후 손병희 선생을 비롯한 민족대표들은 경무총감부로 끌려가게 되었던 것이다.

그 날 오후 5시가 지나서야 이 소식을 전해들은 주산월은 제일 먼저 위장이 나쁜데다 치아가 없는 손 선생의 식사를 걱정하였다 한다. 손 선생이 미결수로 서대문감옥에 있을 때에는 형무소 담 밑의 초가에 방 한 칸을 얻어 죽 밥을 차입할 정도로 지극정성이었다 하니 그것도 무리는 아니다.

1년 남짓 옥고를 치른 의암 선생이 인사불성이 되어 출감, 상춘원에 머물자 그녀는 침식을 잊어가면서 극진한 간호를 하였다. 그러나 그 정성에 보람도 없이 4개월 후 선생은 돌아가셨고, 주산월은 뜨거운 피눈물을 그의 무덤 위에 몇 번이고 뿌렸으니, 그 때 그녀의 나이 29세였다.

의암 선생은 마지막 숨을 거둘 때 주위에 있던 사람들에게 그녀를 잘 보호하라는 뜻으로, 제대로 움직이지 않는 입술로 겨우 '보호'라는 외마디를 남기었다고 한다.

이것만 보더라도 손 선생의 주산월에 대한 사랑과 신망이 얼마나 두터웠으며, 주산월 역시 얼마나 성심성의껏 손 선생을 따랐는가를 짐작할 수 있다.

그 후 천도교 인사들이 그녀를 일본으로 유학 보내 동경 여자영어학교를 다녔고, 귀국 후에는 의암 선생이 잠들어 계신 곁으로 돌아왔다. 그녀는 평생 독신으로 천도교 여자부 총무와 이어서 '여성회 본부' 회장을 맡아 일하면서 남은 여생 동안 손 선생의 묘소(현재 서울 강북구 우이동 254번지) '봉황각'을 떠나지 않았다고 한다.

– 신현규, 『꽃을 잡고』에서

✔ 생각해 보기

☞ 이 글은 인물의 어떤 부분에 초점을 두어 설명하고 있는지 생각해 보자.

✔ 토론하기

☞ 인물에 대해 소개하거나 설명하는 글을 쓸 때 고려해야 할 점에 대하여 이야기를 나누어 봅시다.

✔ 써 보기

☞ 평소에 관심이 있는 인물에 대하여 소개하는 글을 써 보자.

제7절 _ 스토리가 시작된다, 그리고 스펙은 숨을 죽인다

스토리가 스펙을 이길 수 있다고 확신하기 위해서는 먼저 스펙을 뒤흔드는 사건이 필요하다. 바로 이 사건이 어떤 모습을 하고 어떤 방법으로 상대방에게 스며들 수 있는가에 따라, 사건은 감동적인 스토리가 되기도 하고, 무의미한 구설이나 치명적인 스캔들로 남기도 한다. 여기서 후자는 결코 이기는 스토리가 될 수 없음은 물론이다.

내가 걸어온 길이 스토리다.

자신이 걸어온 길에서 실패나 내리막을 이야기할 것이 없다면 스토리를 만들기에는 치명적이다. '새옹지마(塞翁之馬)'가 전하는 스토리처럼 삶의 양면성은 단점과 실패를 이유 있는 성공으로 끌어주기 때문이다.

그래서 저자는 실패를 하지 말아야겠다는 결심을 버려야 한다고 단호히 말한다. 스토리의 관점에서 보면 기가 막힌 감초 노릇을 하게 될 실패를 위해 저마다의 고유한 실패에게 자리를 내어주어야 한다는 논리다. 하지만 불안한 건 사실이다. 그 실패가 반드시 성공으로 달려가게 될 스토리가 될 것이라는 확신이 서지 않기 때문이다.

어떤 운동경기를 배울 때, 먼저 낙법(落法)을 배우게 되는 경우가 종종 있다.

잘 넘어지는 법.

잘 넘어질 수 있는 사람만이 잘 일어날 수 있으므로, 또 넘어져 보지 않고는 일어서는 법을 깨달을 수 없으므로. 그것이 바로 실패에 견딜 수 있는 힘이 아닐까.

내가 걸어온 길이 바로 스토리가 된다면, 다른 사람이 아닌 나만이 걸어왔던 길이기에 스토리가 된다고 믿는다면, 그러면 실패에 대한 부담은 마음 한 구석에서 지금여기를 버텨주는 든든한 낙법 훈련이 될는지도 모른다.

내가 서 있는 이유는 바로 스토리다.

1등이 아니라도 주목받을 수 있는, 선택받을 수 있는 방법은 나만의 독자적인 스토리를 확보하는 것이다. 이것이 이 책에서 말하는 성공의 새로운 포지셔닝 법칙이다. 1등을 밀어내고 그 자리를 차지하는 것에 의미를 두는 것이 아니라 1등에게는 없는 스토리를 창출해 내는 것이다.

무수한 취업 전형들 사이에서 스펙이 보여주는 객관적인 기준은 이미 빛을 잃은 지 오래다.

다시 기회가 주어진다면 좀 더 신중하게 자신과 적성과 진로를 탐색하겠다는 기성세대의 탄식은 직(職)과 업(業)의 개념을 다시금 생각해 보게 한다. 직은 영어로 'occupation'이고 '내가 점유하고 있는 직장 내에서의 담당업무'를 뜻한다. 한편 업은 영어로는 'vocation'인데 '평생을 두고 내가 매진하는 주제'를 뜻한다. 따라서 우리가 먼저 고민해야 할 것은 직이 아닌 업이라고 볼 수 있다. 자신의 업을 발견한 사람의 스펙은 인사담당자들의 선택 안에서 이미 스토리로 말하고 있다.

그리고 이력서의 스펙이 그려낼 수 없는 개인이라는 콘텐츠의 미래상은 개인을 스토리로 만들었을 때 개인의 잠재력이라는 형상으로 모습을 드러낸다.

내가 이 자리에 서 있는 이유,
내가 이 자리에서 시작해야 하는 이유
그것은 스토리로 시작되고,
그리고 '원 스토리 멀티 점프(One StoryMulti Jump)'를 꿈꾼다.

스토리는 드라마와 같다

얼마 전 종방된 〈대물〉이라는 드라마가 떠오른다. 국내 초유의 여성 극중 아나운서 출신의 서혜림(고현정 분)이 대한민국 역사상 최초로 여성 대통령에 당선되기까지의 이야기를 담고 있는 유동윤 극본의 SBS 수목 드라마(2010년 10월 6일-2010년 12월 23일 방송종료). 여기서 인용하는 서혜림의 연설부는 드라마의 6회분 연기자 대본에서 발췌하였다. 드라마의 내용을 간단히 정리하면 다음과 같다. 평범한 시골 출신이지만 당찬 아나운서 서혜림은 방송국 기자와 결혼해 아들 동하를 낳고 행복한 생활을 이어간다. 그런데 남편이 아프간에 종군기자로 파견되어 근무하던 중 피랍되어 유골로 돌아오는 사건이 발생한다. 국가를 상대로 일인시위를 벌이던 혜림은 고향으로 돌아와 억울한 주민들의 편에서 친환경운동을 펼치다 민우당의 젊고 야심 많은 강태산 의원의 눈에 띄게 된다. 강태산은 지금까지 혜림의 서민적이고 정의로운 이미지와 스토리를 높이 평가하고 보궐선거에 적극적으로 힘을 보태지만 민우당 내 반대세력에 부딪혀 당선은 점점 더 어려워지는 상황으로 치닫게 된다. 6회에서는 주인공이 이러한 고난을 극복하고 마음을 담은 연설을 통해 마침내 선거에서 대통령을 다루었다는 데서 파격적인 흥미를 이끌어내기도 했지만, 무엇보다도 시청자들의 시선을 사로잡고 마음을 붙잡아두게 된 것은 극중 주인공 서혜림(고현정 분)의 스토리였다.

칼날 같은 정치판에서 어린이 프로그램 진행자로 얼굴이 알려진 아나운서 서혜림은 이미 스펙으로는 절대 올라설 수 없는 정치적 서열에 자리하고 있었다. 하지만 여기서 스토리는 시작된다. 아프간에 취재기자로 파견되었다가 유골이 되어 돌아온 남편이 그녀의 스토리 안에 들어와 있었고, 남송 지역에서 주민들과 함께 몸으로 부딪치며 벌였던 친환경 운동이 그녀의 스토리에 윤기를 입혀 주었다. 하지만 이런 드라마틱한 스토리를 입고 있는 주인공이 쉽게 스토리의 힘을 빌려 원하는 것을 얻게 되었다면 이 또한 스토리답지 못하다. 그래서 주인공은 이번에는 또 다른 스토리에, 좀 더 정확히 말하자면 스캔들에 휘말리게 된다. 미혼의 검사와의 열애설이 등장한다. 주인공만의 독특한 스토리로 선거전의 입지를 굳혀가던 주인공이 이번에는 다른 스토리로 인해 난관에 처하게 되는 것이다.

그렇다면 이 상황은 어떻게 극복되어야 할까.

역시 스토리다. 스토리가 스펙을 이겼다면, 스토리를 다시 이기게 할 수 있는 것도 역시 스토리가 될 수밖에 없다. 하지만 이제 똑같은 스토리는 더 이상 통하지 않는다. 드라마의 극적 분위기를 고조시키는 효과 음향처럼 기존의 스토리에 스토리적 요소를 극대화하는 상황이 추가되어야한다. 한 동안 세간의 화제가 되었던 주인공의 빗속 연설이 그 역할을 훌륭히 해 주었다.

“여러분도 알다시피 제 남편은 아프간에 취재 갔다가 죽었습니다. 힘없는 이 나라가 미국과 회교권의 눈치를 보느라... 살해당했습니다. 나라 승리하는 모습을 스토리의 성공이란 측면에서 감상할 수 있다. 없는 백성도 아닌데 국가의 아무런 보살핌도 못 받고 사랑하는 아내와 아들을 남겨두고 비참하게 살해되고 말았습니다... 여러분 우리는 언제까지 이렇게 살아야 할까요? 무조건 바다를 막아놓고 30년간 방치하고 있는 나라. 주민들은 죽어 가는데 정치인은 뇌물이나 받아 챙기는 나라. 대대손손 살아갈 이 땅을 오로지 표를 얻기 위해 무조건 개발해요? 여자 몸으로 성추행범 증인 서는 것도 쉽지 않았는데.. 나라에서 개인정보 관리를 어떻게 하길래 제가 납치를 당했을까요?

이래서야 누가 무서워서 신고하고 증인 설까요? 이런 나라에서 우리가 무슨 희망을 갖구 살아야 할까요? 이런 나라에서 어떻게 애를 키우고 살아야 할까요? 저는 단지 국회의원이 될 목적으로 이 자리에 서지 않았습니다! 만약 그랬다면 법정선거비용을 지키지도 않았을 것이고, 상대후보 폭로전에 저도 폭로전으로 맞대응했겠죠. 하지만 내 아들이 쳐다 보는데 어떻게 그럴 수가 있겠습니까? 저는 장차 성인이 된 내 아들이 우리 아빠가 죽어갈 때 이 나라는 뭘 하고 있었냐고 물었을 때, 대답할 말을 찾기 위해 이 자리에 섰습니다. 내 아들한테 이 나라가… 태극기가 자랑스러운 나라라는 말을 들을 그 날을 위해 이 자리에 섰습니다!"

이 빗속 연설이 보여준 호소력으로 인해 스캔들로 오염되었던 스토리는 기운을 잃고 어디론가 잠적해 버렸고 본래의 스토리는 비장하게 다시 물위로 떠오르게 되었다. 이처럼 개인의 스토리는 단순히 스토리 자체로 드러나기보다 스토리에 극적인 요소를 더 입힘으로서 더욱 구체적으로 당면한 상황에 대처할 수 있는 입지를 굳히게 되는 면도 있다.

꿈꾸는 사람들의 스토리, 꿈을 이루는 사람들의 스토리 평범한 사람들의 이야기가 선택받지 못하는 것은 그들의 재능이나 스토리가 평범해서가 아니다. 그들의 꿈이 평범했기 때문이다. 꿈꾸는 사람들의 스토리는 모두 다르지만 같고, 정작 꿈을 이루는 사람들의 스토리는 모두 달라도 같다. 꿈을 이루는 사람들의 스토리는 자신의 불확실한 과거와 현재, 미래를 일관성 있게 연결할 줄 아는 능력 있는 스토리 메이커이기 때문이다. 저자는 세계적 경영 컨설턴트 찰스 핸디의 말을 인용한다.

"우리는 잠을 자면서 꿈을 꾸지. 하지만 어떤 사람들은 낮에도 꿈을 꿔. 이런 사람들은 아주 위험해. 자신의 꿈을 반드시 이뤄내고 마니까 말이야."

한낮에도 꿈을 꾸고 있는 사람들의 스토리, 한번쯤 어깨를 흔들어 당신의 꿈속에 무엇이 들어와 있는지 묻고 싶지 않은가.

옛말에 '삼년 굴러 벼슬'이라는 말이 있다. 벼슬을 하겠다는 꿈 하나로 아침저녁을 쉬지 않고

무려 삼년이나 데굴데굴 굴러, 그 스토리를 등에 업고 마침내 꿈을 이룬 말도 안 되는 젊은이의 이야기다. 지나가는 임금이라도 묻고 싶지 않겠는가. 왜 그렇게 구르고 있는지, 무엇을 그리도 꿈꾸고 있는지.

스토리가 시작된다, 그리고 스펙은 숨을 죽인다. 극장에서 영화가 시작되면 관객들은 한번쯤 마른 침을 꼴깍 삼키고 영화 속 스토리에 빠져들 준비를 한다. 주말 드라마가 시작되면 시청자들은 텔레비전 앞에 저마다 편한 자리로 찾아들어 슬그머니 숨을 죽인다.

사람들이 스토리에 빠져드는 것은 스토리에 몰입하는 동안 자신을 스토리 속에 세워두기 때문이다. 그리고 그 안에 서 있으면서 스스로가 주인공과 함께 느끼도록 주문을 걸기 때문이다. 그래서 스토리만큼 강력한 자기 광고법은 없을지도 모른다. 사막이 아름다운 건 샘물이 있기 때문이었던 것처럼 기다림이 아름다운 건 여우가 있기 때문이었던 것처럼 스토리는 모든 사람들에게, 심지어는 모든 사물들에게 의미와 가치를 담아준다.

이제 남아있는 것은 나의 스토리를 찾아내는 것이다. 찾아낼 것이 없어도 크게 긴장할 필요는 없다. 이제부터 스토리를 찾아나서는 나의 삶이 바로 스토리가 되어 줄 테니까.

이 책에서 저자가 힘주어 말하는 것은 절대 스펙 무용론이 아니다. 스펙을 버리고 스토리에 집중하라는 과감한 스토리 찬양론이었다면 이 책은 오히려 스토리의 중요성을 부각시킬 수 없었을 것이다. 스펙은 아무렇지 않게 그 자리에 그대로 놓아두었다. 따라서 이 책을 제대로 읽고 난 독자들이라 면 어느 누구도 이젠 스펙이 필요 없는 세상이라고 말하진 않을 것이다.

하지만 바로 지금 어디서부턴가 각자의 스토리가 조심스레 시작되고,

그리고 스펙은 숨을 죽인다.

– 이은미, 〈스토리가 시작된다, 그리고 스펙은 숨을 죽인다〉

✔ 생각해 보기

☞ 이 글은 책을 읽고 쓴 서평이다. '스토리가 스펙을 이긴다'는 것은 어떤 의미인지 생각해 보자.

✔ 토론해 보기

☞ 스토리가 스펙을 이길 수 있는 이유에 대하여 각자의 의견을 이야기해 보자. 자신의 스펙보다 강하게 보여줄 수 있는 스토리에 대해 친구들 앞에서 발표해 보자.

✔ 써 보기

☞ 자신이 살아온 삶 중에서 가장 인상적인 스토리를 활용하여 자기소개서를 써 보자.

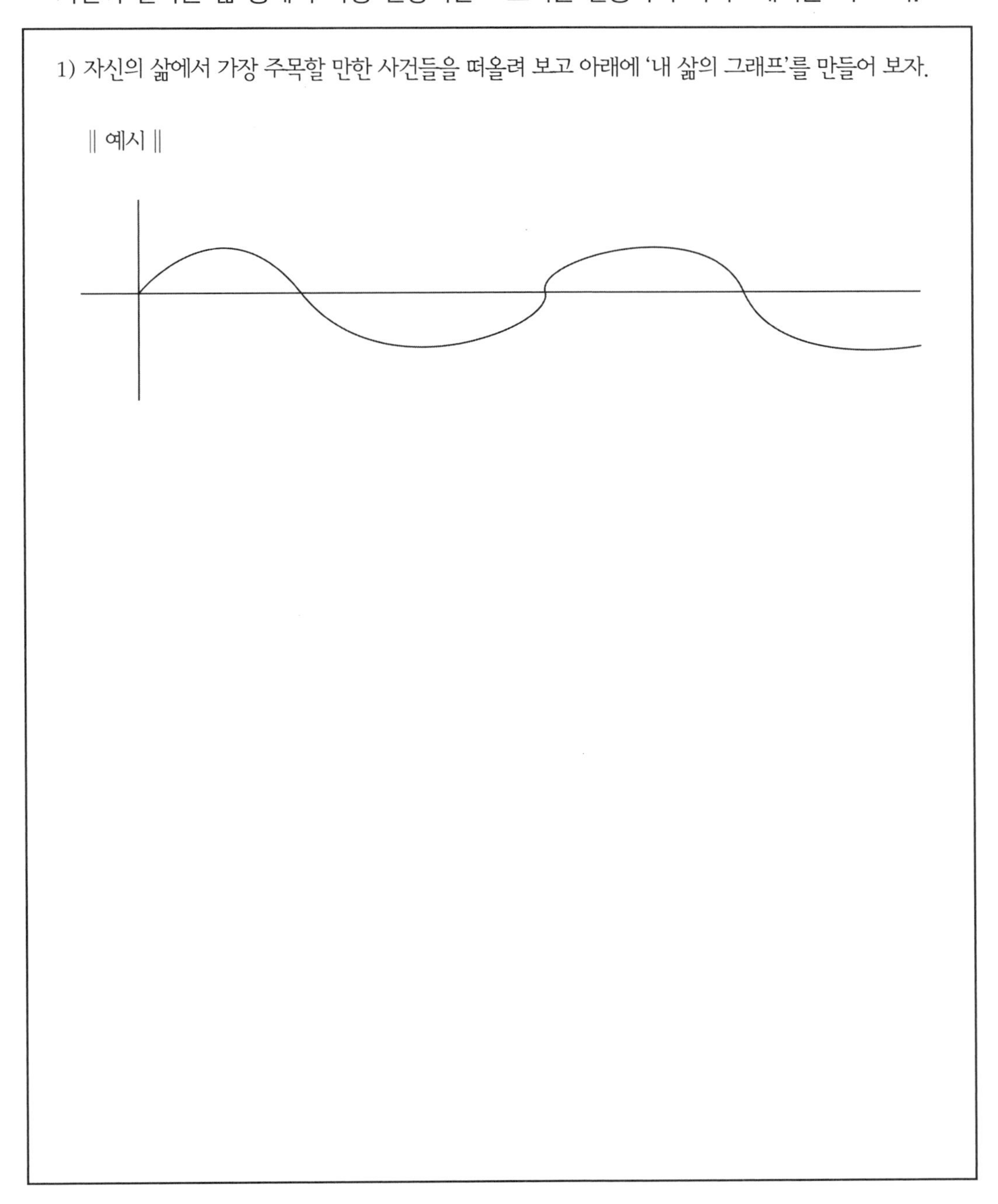

1) 자신의 삶에서 가장 주목할 만한 사건들을 떠올려 보고 아래에 '내 삶의 그래프'를 만들어 보자.
|| 예시 ||

2) '내 삶의 그래프'에 표시한 사건 중에서 자신의 진로와 관련하여 가장 의미 있는 사건을 정리해 보자.

3) 앞의 1), 2)를 바탕으로 자기소개서를 써 보자.

4) 작성한 자기소개서를 친구들과 바꾸어 읽어 보고 다음의 평가표를 참고하여 장점과 고쳐야 할 점을 이야기해 보자.

㉮ 독자를 적극적으로 고려하고 있는가?
㉯ 자기를 소개하는 목적이 잘 드러나 있는가?
㉰ 자신의 스펙과 스토리가 적절하게 효과적으로 드러나 있는가?
㉱ 중심에 두고자 한 스토리가 충분히 인상적이고 설득력이 있는가?
㉲ 글이 주제를 중심으로 일관성 있고 짜임새 있게 구성되었는가?
단락의 구분이 명확하고 표기나 표현상 어색한 부분이 없는가?

✔ 교양 책읽기 추천 목록

모티머 J. 애들러, 『생각을 넓혀주는 독서법』, 멘토

발터 벤야민, 『발터 벤야민의 문예이론』, 민음사

샤를 피에르 보들레르, 『악의 꽃』, 문예출판사

세익스피어, 『셰익스피어 희곡선』, 계명대출판부

소포클레스, 『오이디푸스왕』, 민음사

신영복, 『감옥으로부터의 사색』, 돌베개

신현규, 『기생, 푸르디 푸른 꿈을 꾸다』, 북페리타

알베르 카뮈, 『페스트』, 민음사

에밀리 브론테, 『폭풍(暴風)의 언덕』, 민음사

엘리어트, 『황무지(荒蕪地)』, 민음사

유홍준, 『화인열전』, 역사비평사

이남호, 『교과서에 실린 문학작품을 어떻게 가르칠 것인가』, 현대문학

이은미, 『내가 거기서 기다릴게』, 푸른길

조요한, 『한국미의 조명』, 열화당

귄트 그라스, 『양철북』, 민음사

토마스 만, 『마(魔)의 산』, 을유문화사

토마스 불핀치, 『그리스로마 신화』, 혜원출판사

프란츠 카프카, 『성(城)』, 창비

호메로스, 『일리아드 오딧세이』, 정음문화사

제4장

다양한 서식 쓰기

1. 이력서

이력서는 개개인의 얼굴일 뿐 아니라 자신을 남에게 알리는 '살아온 기록'이다. 또한 이력서는 통상적으로 각종 입사서류 가운데 제일 윗장에 놓여지는 구직자(求職者)의 '첫 인상'이라는 점에서 중요한 서류이기도 하다. 취업을 희망하는 경우 어느 회사를 막론하고 입사원서와 함께 반드시 이력서를 제출하여야 하는데 이력서가 자신의 용모, 학력이나 경력, 가족관계, 상벌관계, 특기사항 등을 파악할 수 있는 기초적인 자료가 되기 때문이다. 특히 서류전형의 경우에는 이력서와 자기소개서를 보고 선발하는 경우가 있으므로 이력서는 더욱 중요시된다.

따라서 첫 이력서를 작성할 때는 자신이 취업하고자 하는 업체에 대한 첫 인사인 만큼 정성과 성의를 다하는 마음가짐이 무엇보다 필요하다.

이력서 작성에는 모범답안이 없다. 굳이 어떠한 틀에 얽매이지 않고 기본적인 사항들을 지켜가면서 자신의 개성과 장점을 최대한 살려 일목요연하게 기록한다면 그것으로 충분하다. 그러나 평상시에는 별것 아닌 것처럼 생각되던 것도 막상 작성하려면 어떻게 써야 할지 당황하기 일쑤다. 다음은 이력서를 작성할 때 기본적으로 유의해야 할 사항과 작성요령을 살펴 본 것이다. 취업시 불이익을 당하지 않도록 잘 살펴보고 올바른 이력서를 작성하도록 하자.

<table>
<tr><td rowspan="4">사
진</td><td colspan="5">이 력 서</td></tr>
<tr><td rowspan="2">성 명</td><td rowspan="2" colspan="2">홍길동 ㊞</td><td colspan="2">주민등록번호</td></tr>
<tr><td colspan="2">000000-1234567</td></tr>
<tr><td colspan="5">생년월일 서기 0000년 0월 00일생 (만 00세)</td></tr>
<tr><td>현 주 소</td><td colspan="5"></td></tr>
<tr><td>호 주 관 계</td><td>호주와의 관계</td><td>자</td><td>호주성명</td><td colspan="2">홍판서</td></tr>
</table>

<table>
<tr><td colspan="3">년 월 일</td><td>학 력 및 경 력 사 항</td><td>발 령 청</td></tr>
<tr><td>0000</td><td>2</td><td>17</td><td>○ ○ 고등학교 졸업</td><td>○ ○학교</td></tr>
<tr><td>0000</td><td>3</td><td>5</td><td>○ ○ 대학교 ○ ○ 입학</td><td>○ ○대학교</td></tr>
<tr><td></td><td></td><td></td><td></td><td></td></tr>
<tr><td></td><td></td><td></td><td>특기사항및상벌</td><td></td></tr>
<tr><td>0000</td><td>4</td><td>5</td><td>워드프로세서 2급 취득</td><td></td></tr>
<tr><td></td><td></td><td></td><td></td><td></td></tr>
<tr><td></td><td></td><td></td><td></td><td></td></tr>
<tr><td></td><td></td><td></td><td>위의 事實은 틀림이 없음.</td><td></td></tr>
<tr><td></td><td></td><td></td><td>0000年 5月 8日</td><td></td></tr>
<tr><td></td><td></td><td></td><td>홍 길 동(印)</td><td></td></tr>
<tr><td></td><td></td><td></td><td></td><td></td></tr>
<tr><td></td><td></td><td></td><td></td><td></td></tr>
</table>

<table>
<tr><td colspan="3" rowspan="3">사

진</td><td colspan="4">이 력 서</td></tr>
<tr><td>성 명</td><td>㉐</td><td colspan="2">주민등록번호
-</td></tr>
<tr><td colspan="4">생년월일 서기 년 월 일생 (만 세)</td></tr>
<tr><td colspan="3">현 주 소</td><td colspan="4"></td></tr>
<tr><td colspan="3">호 주 관 계</td><td>호주와의 관계</td><td></td><td>호주성명</td><td></td></tr>
<tr><td colspan="3">년 월 일</td><td colspan="3">학 력 및 경 력 사 항</td><td>발 령 청</td></tr>
<tr><td></td><td></td><td></td><td colspan="3"></td><td></td></tr>
<tr><td></td><td></td><td></td><td colspan="3"></td><td></td></tr>
<tr><td></td><td></td><td></td><td colspan="3"></td><td></td></tr>
<tr><td></td><td></td><td></td><td colspan="3"></td><td></td></tr>
<tr><td></td><td></td><td></td><td colspan="3"></td><td></td></tr>
<tr><td></td><td></td><td></td><td colspan="3"></td><td></td></tr>
<tr><td></td><td></td><td></td><td colspan="3"></td><td></td></tr>
<tr><td></td><td></td><td></td><td colspan="3"></td><td></td></tr>
<tr><td></td><td></td><td></td><td colspan="3"></td><td></td></tr>
<tr><td></td><td></td><td></td><td colspan="3"></td><td></td></tr>
<tr><td></td><td></td><td></td><td colspan="3"></td><td></td></tr>
<tr><td></td><td></td><td></td><td colspan="3"></td><td></td></tr>
</table>

2. 경조사 양식 제시

봉투는 우편 봉투가 아닌 백봉투를 준비하는 것이 단자를 담는 사람의 정성이 드러날 수 있어 좋다.

결혼식의 경우, '祝 華婚', '祝 聖婚', '祝 盛婚' 또는 '祝 ○ ○ ○ 君 ○ ○ ○ 孃 華燭' 등으로 쓰는데 순수 우리말로 '두 분의 결혼을 축하합니다'라고 써도 좋다.

문상의 경우는 '謹弔', ' 賻儀'라고 쓰면 된다.

〈결혼식〉

[앞 면]

祝
華
婚

[뒷 면]

○○○

[단 자]

결혼을 진심으로
축하합니다
금 원
년 월 일
○○○

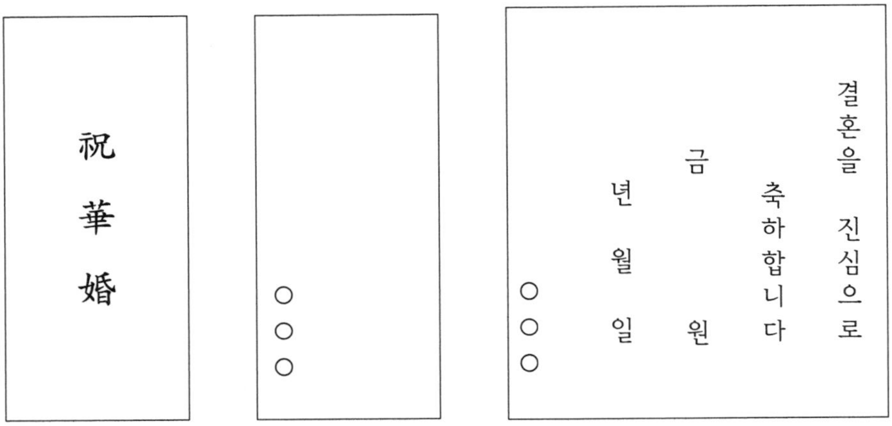

〈회갑〉

[앞 면]

祝
壽
筵

[뒷 면]

○
○
○

[단 자]

수연을 진심으로 축하합니다

금 원

년 월 일

○
○
○

※ 祝 壽宴, 賀儀 등의 문구도 사용한다. 칠순일 경우, 위의 문구 이외에도 祝古稀宴이라는 문구를 사용한다.

〈정년 퇴임〉

[앞 면]

頌
功

[뒷 면]

○
○
○

[단 자]

그동안의 공적을 축하합니다.

금 원

년 월 일

○
○
○

※ 謹祝의 문구도 사용한다.

〈상 가〉

[앞 면]

謹

弔

[뒷 면]

○○○

[단 자]

삼가 조의를 표합니다

금 원

년 월 일

○○○

※ 謹弔란 말 이외에 '賻儀(부의)' '尊儀(존의)' '弔賻(조부)' 등의 말도 쓴다.

3. 경위서

경위서는 시말서(始末書)라고도 한다. 본의 아니게 회사나 집단에 손해를 입혔을 때 쓰는 문서이다. 이는 일을 잘못한 사람이 그 일의 전말을 자세히 적은 문서로서 이 역시 따로 정해진 서식은 없고 1장의 백지에 발생한 일의 전말과 반성, 사죄의 뜻을 표하면 된다.

‖ **보기** ‖

경 위 서

소속 : OO산업(주)
직위 :
성명 :

금번 본인은 20 년 5월 17일 OO중학교 운동장에서 개최된 불이이웃 돕기 협력업체 바자회에서 물건을 판매하던 중 협력업체 중 하나인 OO실업의 사원과 사소한 말다툼 끝에 그에게 약간의 상처를 입혔습니다. 이는 협력업체와의 친선도모와 불우이웃돕기 바자회의 본래 의미를 망각한 행위로서 바람직하지 못한 것이었습니다. 이러한 본인의 잘못으로 회사의 명예를 훼손시킨 것은 물론 협력업체와의 유대에도 다소나마 악영향을 미친 것을 깊이 반성하고 추후에는 이런 일이 없을 것을 서약하며 이에 경위서를 제출합니다.

20 년 월 일
작성자 (인)
OO실업 총무부장 귀하

▶ 경위서를 어떻게 쓰는가?

경위서는 간결하게 진심으로 사과하는 뜻만 담겨 있으면 되지만, 이 경위서가 사고의 경위를 보고하는 보고서가 될 경우에는 경과 설명을 자세하게 써야 한다.

사내에서 쓰는 경위서의 경우는 상관에게 제출하는데 실책에 대한 징계의 성격을 띠고 있기도 하다. 이는 징계, 면직, 감급 등의 벌칙이기도 하다. 회사 밖으로 가는 경위서도 수신인을 대상 회사의 책임있는 사람 앞으로 하는 것이 좋다.

✔ 과제

1. 공을 차다가 학교 유리창을 깼다고 가정하고, 그에 대한 책임을 지는 경위서를 써보자.

경 위 서

소속 :

직위 :

성명 :

20　　년　　월　　일

작성자　　　　(인)

귀하

4. 합의서

손해배상의 해결방안은 소송이나 합의의 두 가지 방법이 있다. 이 가운데 합의라는 것은 가해자와 피해자가 말로써 화해하여 해결하는 방법이다. 합의는 시간과 비용이 절감되며 비교적 용이하게 사건을 해결할 수 있으므로 많이 쓰인다. 특히 교통사고의 경우 그러한데 일단 합의가 성립되면 원칙적으로 이에 구속되므로 신중하게 결정할 필요가 있다.

‖ **보기** ‖

합 의 서

"갑" 피해자 주소 : OO시 OO동 OO아파트 2동 403호

성명 : 도 소 기

"을" 가해자 주소 : OO시 OO동 OO아파트 1동 407호

성명 : 차 난 포

20 년 3월 28일 오후 11시 40분경 중앙시장 입구에서 "을" 소유 '충남20 가 1234' 차량이 야기한 교통사고로 인하여 "갑"이 피해를 입은 데 대하여 "갑"은 "을" 또는 "을"의 대리인 태양자동차보험(주) 회사로부터 다음금액을 손해배상으로 확실히 수령하고 상호 원만히 합의하였다. 이후 이에 관하여 일체의 권리를 포기하며 여하한 사유가 있어도 민형사상의 소송이나 이의를 제기하지 아니할 것을 확약하며 후일의 증거로서 이 합의서에 서명 날인한다.

수령금액 : 금 오백만원정(5,000,000)

치 료 비 : 1,200,000

휴업손해 : 2,000,000

위자료 및 기타 : 1,800,000

20　년 0월　0일

위 피해자 : OOO (인)

위 가해자 : OOO (인) (또는 대리인)

입회인 주소 : OO시 OO동 321-7

성명 : 나 중 개 (인)

▶합의서는 어떻게 쓸 것인가?

이 합의서는 특별하게 정해진 서식이 있는 것은 아니다. 그러나 무엇을 어떻게 결정했는지 확실하게 알 필요가 있다. 예를 들어 배상은 누가 누구에게 얼마를 했는가를 확실하게 써야 하며 당사자의 주소, 성명, 사고 발생 시간과 장소, 사고내용, 피해 상황, 합의의 내용, 조건, 지불 방법, 합의 성립 년월일 등의 6개 항목과 함께 "이후 이에 관하여 일체 권리를 포기하고 민형사상의 소송이나 이의를 제기하지 아니한다"를 반드시 넣어야 후에 야기될지도 모르는 분쟁을 막을 수 있다.

5. 영수증·차용증

영수증이란 채권자가 채무자에게 돈을 받았음을 증명하기 위해 써주는 증서이다. 그 형식은 법률로 정해져 있는 것은 아니므로 자유롭게 작성할 수 있다. 아니면 편의상 정해진 몇 가지 서식을 문구점에서 구입해서 쓸 수도 있다.

차용증은 돈을 차용했음을 증명하는 서류로 두 통을 작성하여 돈을 빌려준 사람과 돈을 빌린 사람이 나눠 갖는 것이 좋다. 그렇게 함으로써 변조 가능성을 사전에 막을 수 있다.

‖ **보기 1** ‖

영 수 증

一金 拾貳萬 五千원 整(125,000)

위 金額을 A4 용지 대금으로 영수함

20　년　월 일

00000(주) 000대리점

감 무 림 (인)

○ ○ ○ 대학교

○ ○ ○ 선생님 귀하

‖ 보기 2 ‖

차 용 증 서

귀하로부터 일금 일백만원정을 월 이자로 차용하고 20 년 월 일까지 반환하겠습니다. 단, 이자는 매월 말일에 지급하겠습니다.

20 년 월 일

OOO시 OO읍 OO리 21번지

차용인 OOO (인)

OOO 귀하

▶영수증·차용증 어떻게 쓸 것인가?

이 영수증·차용증은 법적인 증거가 될 수 있는 것이므로 가능한 한 금액 표시, 영수 또는 차용 내역, 영수·차용인의 주소, 영수 차용인의 날인, 상대방의 표시, 년월일을 명백히 기입하는 것이 좋다. 내역이란 영수증의 경우 영수한 돈이 무슨 돈인가를 밝히는 것으로 원금인지, 이자인지, 물품 대금인지를 명확히 해야 한다.

차용증의 경우는 차용 금액과 변제 기일, 이자 유무, 이자의 이율 및 지급시기, 담보 내용 등이 들어 있어야 한다.

금액 표시는 한글이나 한문으로 기재하는 것이 좋다.

차용증의 경우, 이자 제한법의 제한 이자를 초과하는 이자를 약정했다 하더라도 소송에 의하여 받을 수 있는 이자는 이자 제한법 제한범위 내로 감축된다는 사실을 알아둘 필요가 있다.

✔ 교양 책읽기 추천 목록

D. 벨, 『탈산업사회의 도래』, 아카넷

가스통 바슐라르, 『불의 정신분석』, 이학사

갈릴레오 갈릴레이, 『두 우주체계에 대한 대화』, 교원

고유섭, 『구수한 큰 맛』, 다할미디어

니콜로 마키아벨리, 『군주론』, 더클래식

데즈먼드 모리스, 『털 없는 원숭이』, 문예춘추사

리처드 도킨스, 『이기적 유전자』, 을유문화사

마르틴 하이데거, 『예술작품의 근원』, 경문사

마셜 맥루언, 『미디어의 이해』, 민음사

막스베버, 『프로테스탄티즘의 윤리와 자본주의 정신』, 문예출판사

멀치아 엘리아데, 『성과 속』, 학민사

몽테스키외, 『법의 정신』, 문예출판사

베르너 하이젠베르크, 『부분과 전체』, 서커스

에르빈 슈뢰딩거, 『생명이란 무엇인가』, 한울

장 자크 루소, 『에밀』, 돋을새김

제레미 리프킨, 『엔트로피』, 세종연구원

파블루 네루다, 『네루다 시선』, 민음사

제5장

글쓰기의 윤리

우리가 글을 쓰면서 어떻게 하면 글을 잘 쓸 수 있는가에 관심을 쏟다 보면 쓰기 윤리에 대해서는 소홀한 경우가 있다. 그러나 쓰기 윤리는 글을 쓰는 모든 과정에서 지켜져야 하는 중요한 원칙이다. 사람의 생각이나 감정을 표현한 결과물을 저작물이라고 하며, 저작권은 저작물을 표현한 사람에게 주는 권리를 말한다. 다른 사람의 글을 표절하거나 '짜깁기'를 하면 저작권법에 의해 처벌을 받게 되어있다. 실험이나 관찰에 관한 내용을 조작하거나 거짓으로 작성하는 것도 사회에 물의를 일으킬 수 있으며, 다른 사람을 비판하는 행위에 있어서도 예의를 지켜야 한다. 한국저작권위원회에서는 올바른 저작물 이용을 위하여 다음과 같이 단계를 제시하고 있다.

1단계	2단계	3단계	4단계	5단계
어떤 저작물을 이용할 것인지를 결정한다.	**그 저작물이 보호받는 것인지 확인한다.**	**저작물 이용 방식이 저작권법상 허용되는 방식인지 확인한다.**	**저작권자에게 저작물 제목과 이용하려는 방법 등을 자세히 알리고 허락을 받는다.**	**허락을 받은 범위내에서만 이용한다.**
어떤 저작물을 어떤 방법으로 이용할 것인지	· 보호기간이 지났는지 · 저작권법에서 정하고 있는 보호받지 못하는 저작물인지 보호받지못하는 경우 : 이용	저작권법에서 정하고 있는 저작권자의 허락이 없어도 이용할 수 있는 경우의 조건에 맞는지 허용되는 방식 : 이용	허락을 도와주는 단체 · 저작권신탁관리단체 · 저작권대리중개업체 허락을 받고 다음단계로	저작자 표시, 출처 표시를 명확히 하고 사용

(https://www.copyright.or.kr/education/educlass/learning/correct-use/index.do)

✔ 생각해 보기

☞ 다음 단어들의 의미를 알아보고 표절을 방지하는 방법에 대하여 생각해 보자.

- 무단전재
- 짜깁기
- 자기표절

✔ 토론해 보기

☞ 쓰기 윤리의 중요성에 대한 인식을 바탕으로 친구들과 함께 '쓰기 윤리 서약서'를 만들어 보자.

쓰 기 윤 리 서 약 서

이름 :

나는 앞으로 쓰기 윤리를 지켜 글을 쓸 것을 다짐하며 다음과 같은 실천 내용을 정한다.

1.

2.

3.

4.

5.

6.

✔ 써 보기

☞ 다음 인터넷 기사를 읽고, 쓰기 윤리를 지켜 댓글을 써 보자.

아시아경제

[연휴, 먹는 건가요?] 고향보단 시민안전 택한 경찰·소방관

2019.02.05. 08:30

[아시아경제 이승진 기자, 이춘희 수습기자] 모처럼 가족이 한자리에 모여 그동안 나누지 못했던 정을 확인하는 민족 최대의 명절 설. 하지만 연휴가 더 바쁜 이들도 있다. 24시간 사건·사고에 대응해야 하는 경찰들이 명절을 제대로 누리지 못하는 대표 직업이다.

서울 중구 도심의 한 파출소에서 근무하는 올해 20년차 A 경위는 지난해에 이어 이번 설에도 고향 청주를 찾지 못한다. A 경위는 "오피스 지구니까 연휴에는 별 일 없는 것 아니냐고 주위에서 말하기도 하는데 전혀 아니다"라며 "사무실과 상점이 많아 빈 곳을 노리는 절도가 연휴에 기승을 부린다"고 말했다.

A 경위는 "평소에는 편의점, 번화가 위주로 순찰을 돌지만, 명절을 앞두고는 은행이나 일반 상점가 쪽으로 많이 순찰을 한다"며 연휴에 맞춘 업무 변화를 설명했다. 이어 "다행히도 설 전날 야간 근무 순서여서, 설 당일 아버지 차례는 지낼 수 있을 것 같다"고 웃어보였다. 경찰 대부분이 4조 2교대 근무(주간−야간−비번-휴일)로 편성돼 설 연휴 중 최소 하루는 근무해야 한다.

경찰만큼 명절 연휴가 더 바쁜 또 다른 직업은 바로 소방관이다. 올해 근무 경력 25년차인 B 소방위 역시 연휴 기간 동안 근무가 예정돼 있다. 25년째 명절을 제대로 보낸 기억이 없는 B 소방위지만 큰 불만은 없다.

B 소방위는 "명절이라고 해서 사건·사고가 피해가는 게 아니기 때문에 소방관의 당연한 숙명이라고 생각한다"며 "다만, 연휴에는 밥 해주는 분이 출근하지 않는데다 모든 가게가 문을 닫기 때문에 식사가 어렵다"고 말했다.

2016년부터 지난해까지 설 연휴 때 서울에서 발생한 각종 안전사고는 3500여건에 달하는 것으로 집계됐다. 이 중 '문을 따 달라'는 요청은 475건으로 고장이나 실수로 문이 잠긴 경우 외에 명절을 맞아 혼자 사는 가족이나 이웃집을 찾았다 인기척이 없어 신고한 사례들이다.

화재는 293건 발생했는데, 58%가 단순한 부주의에서 대부분 음식을 조리하다 시작된 것으로 분석됐다.

(https://news.v.daum.net/v/20190205083009663)

✔ 더 읽을거리

올바른 인용과 인용 방법[1]

1. 올바른 인용

▶ 인용의 의미와 목적

일반적으로 인용은 인용 부호를 적절히 사용하고 출처를 정확히 밝히면서 이용하는 것으로, 타인의 저작물을 합법적인 절차를 통해 자신의 저작물에서 이용하는 것이다. 학술 연구에서 인용과 표절은 상반된 개념으로, 인용은 학문 발전을 위해 과거와 현재 및 미래를 이어주는 긍정적인 가교의 역할을 한다.

자신의 학술적 글쓰기에서 다른 사람의 글을 인용하는 목적은 다음과 같다(정희모, 2008 : 229).

① 다른 사람의 글을 비판적으로 논의하고 해석하기 위해

② 공통되거나 상반되는 견해를 인용함으로써 논의를 더욱 풍부하게 하기 위해

③ 자신의 주장을 뒷받침하고 강화하기 위해 권위 있는 의견의 도움을 받기 위해

인용은 직접 인용과 간접 인용이 있는데, 전자는 인용 부호를 사용하여 다른 연구자의 글을 그대로 인용하는 것이고, 후자는 다른 사람의 생각을 자기 글의 목적에 맞도록 활용하기 위해 자신의 문장으로 바꾸어 인용하는 것이다.

올바른 인용은 논문과 보고서 작성 때 타인의 글을 활용할 때 기본적인 윤리이고 예의이다. 인용은 연구자가 원저자에게 그의 글과 아이디어에 대해 인정(credit)을 한다는 표시이며, 표절의 문제없이 다른 사람의 지적 재산을 사용할 수 있는 유일한 방법이다. 또한 인용은 원래의 아이디어가 어디에서 유래되었고 저자의 아이디어를 더 많이 찾기를 원하는 사람들의 일을 쉽

1 이인재(2015), pp.288-311을 활용함.

게 해주며, 인용을 통해 독자는 새로운 정보와 아이디어를 추가로 제공받을 수 있다. 그러므로 연구자는 자신의 저작물에서 인용을 할 때 적절하게 해야 한다.

▶ 인용의 원칙

인용의 원칙은 다음의 두 가지로 정리할 수 있다.

① 연구자는 다른 저작물을 인용할 때 이용자들이 그 출처를 파악할 수 있도록 인용된 저작물의 서지정보(전자자료 포함)를 정확하게 표기한다.
② 연구자가 인용하는 분량은 자신의 저작물이 주가 되고 인용되는 것이 부수적인 것이 되는 적정한 범위 내의 것이어야 한다.

연구자는 논문을 쓸 때 자신이 활용한 타인의 저작물에 대해서 그의 업적을 인정하고 존경하는 의미로, 또는 독자에게 필요한 정보를 정확하게 알려준다는 의미에서 인용을 제대로 해야 한다. 즉, 타인의 저작물을 활용하되 그것이 공정한 이용(fair use)이 되도록 해야 하는데, 공정한 이용은 다음과 같이 해야 한다.

① 단순히 다른 사람의 저작물을 그대로 복사하지 않고 해석, 분석 등을 통해 독창적인 방식으로 변화시켜야 하고,
② 가급적 나의 저작물에서 타인으로부터 가져온 양이 적으면 적을수록 좋으며,
③ 타인의 저작물을 빌려와 이루어진 나의 저작물이 그에게 지적 재산권의 피해를 줄 정도로 빌려와서는 안 된다.

그렇다면 올바른 인용을 어떻게 해야 하는가? 물론 올바른 인용 방식이 어떤 하나의 방식으로 확정될 수는 없을 것이고 국가마다 학문 분야별로 서로 다르겠지만, 적어도 기본적으로 다음과 같은 기본적 태도를 가지고 인용하는 법을 배우고 실천하는 것이 필요하다. 즉, 내가 창안해 낸 단어나 어구가 아닌 다른 사람의 것을 활용할 때는 어디에서 참고했거나 따온 것인지를 정당한 방식으로 밝혀, 원저작자에게 진 빚에 대해 감사를 해야 하고 업적을 인정해야 한다는 점이다.

학술적 글쓰기에서 이것에 대한 통상적인 합의가 바로 인용이다. 이처럼 인용은 글을 쓸 때 원저작자에게 진 빚에 대해 정직하게 인정(감사)하는(acknowledge indebtednern) 정당한 방법인 것이다.

연구자가 알고 지켜야 할 올바른 인용의 원칙과 방법을 정리해 보면 다음과 같다.

① 인용은 공식적으로 검증되었거나 권위를 인정받고 있는 자료에 대해 꼭 필요한 경우에만 하고, 연구자가 주장하는 맥락과 인용한 자료가 어떤 관련이 있는지를 분명히 해야 한다.
② 자신의 것과 타인의 것이 명확히 구별될 수 있도록 신의 성실의 원칙에 의해 합리적인 방식으로 인용한다.
③ 인용은 자신의 저작물이 주가 되고 인용하는 것이 부수적인 것이 되도록 적정한 범위 내에서 한다.

출처표시의 원칙과 방법을 정리하면 다음과 같다.

① 출처표시의 방법은 학문 분야별 특성이나 대학 및 학술 단체가 정한 룰에 따라 다를 수 있지만, 어떤 방식을 따르든 동일한 논문이나 책 내에서는 일관성을 유지해야 한다.
② 말 바꿔쓰기, 요약 등의 방법으로 간접 인용을 할 때에도 반드시 출처표시를 해야 한다.
③ 논문이나 단행본에 인용된 내용의 기본적인 서지사항들(저자명/단행본이나 논문의 제목/출판지, 출판사, 출판연도 또는 학술지의 권, 호수, 출판연도, 페이지)을 직접 확인하여 정확하게 출처표시를 한다.
④ 가급적 1차 문헌(원문)을 인용하되, 불가피하게 2차 문헌을 통해 원문을 알고 인용하게 되었을 경우 재인용 표시를 해야 한다. 연구자가 글을 쓸 때, 2차 문헌에 있는 원문의 내용을 인용하고자 할 때, 그 원문의 내용을 직접 찾아 확인해 보고 특히 2차 문헌의 저자가 기여한 부분이 있다면(예를 들면, 원문이 해당 분야에서 널리 알려져 있지 않은 경우, 원문을 직접 번역한 경우, 2차 문헌 저자가 원문을 창의적으로 재해석하였거나 독특한 표현으

로 요약 및 말 바꿔쓰기를 한 경우 등) 원문과 2차 문헌의 출처표시를 모두 해야 한다. 왜냐하면 2차 문헌의 저자를 통해 원문의 존재를 알게 되었기 때문에 2차 문헌의 저자가 기여한 업적에 대한 인정과 존중의 표시로 2차 문헌에 대한 출처표시를 하는 것이 합당하다.

☞ 말 바꿔쓰기를 위한 제언

◎ 말 바꿔쓰기에서 표절을 피하기 위한 제언

- 주의 깊게 꼼꼼히 읽는다.
- 이용하고 싶은 아이디어를 결정한다.
- 원전을 덮거나 멀리한다.
- 문장 구조를 모방하는 방식을 피한다.
- 필자의 생각과 말로 해석한다.

◎ 말 바꿔쓰기의 기본 원칙

- 원전과 비슷한 어휘 수를 유지한다.
- 원전의 독특한 어휘나 절은 인용부호로 묶는다.
- 원전의 의미를 유지하면서 '(원저자는)~주장한다. 설명한다' 등으로 나타낸다.

2. 인용 방법

연구자는 논문을 쓰거나 자신의 연구 결과를 발표할 때 타인의 아이디어나 연구 성과를 활용하는 것이 허용되는데, 이는 정당한 활용일 때 한해서이다. 학술적 글쓰기를 할 때 타인의 아이디어나 글을 정당하게 활용하는 것이 바로 인용이며, 그렇지 않은 것이면 표절 의혹을 받게 된다. 표절 의혹을 일으키지 않을 뿐만 아니라 타인의 업적을 인정하고 존중한다는 의미에서 자신이 인용한 저작물에 대해서는 반드시 명확하게 출처를 표시해야 한다.

‖ **예시** ‖

“일반적으로 책임 있는 연구 수행이란, 전문적 영역에서 발휘되는 좋은 시민 정신이라 요약 · 정의할 수 있다.”
1) 홍길동 외 3명, 〈연구윤리 소개〉, 교육인적자원부, 2006, p.3.

간접 인용은 원문의 내용을 잘 소화하여 원문의 정확한 의미를 훼손하지 않고 자신의 언어로 풀어 쓴 것으로, 따옴표 등의 문장 부호를 사용하여 인용부분을 표시하지는 않는다. 그러나 ‘–의 견해에 따르면, –의 견해를 정리하면, 혹은 –는 이라고 말한다.’와 같이 원저자의 아이디어나 의견이 들어간 부분이 명확히 드러나도록 표시해 주어야 한다. 이때 원저자의 생각을 왜곡하여 표현하는 것에 주의해야 한다.

‖ **예시** ‖

홍길동 외 3명에 따르면, 책임 있는 연구수행이란 대단히 어려운 일이 아닌, 전문적 영역의 좋은 시민 정신이라 한다.
1) 홍길동 외 3명, 〈연구윤리 소개〉, 교육인적자원부, 2006, p.3.

✔ 교양 책읽기 추천 목록

E. H 카아, 『역사란 무엇인가』

니체, 『차라투스트라는 이렇게 말했다』

다윈, 『종의 기원』

아리스토텔레스, 『정치학』

아인슈타인, 『상대성 원리』

에드워드 윌슨, 『인간 본성에 대하여』

에리히 프롬, 『소유냐 삶이냐』

장하늘, 『글 고치기 전략』, 다산초당

정재승, 『과학 콘서트』

칸트, 『순수이성비판』

칼 포퍼, 『열린 사회와 그 적들』

콩트, 『실증주의서설』

토마스 모어, 『유토피아』

파브르, 『곤충기』

제임스 글릭, 『카오스』, 동아시아

존 스튜어트 밀, 『자유론』, 현대지성

제6장

한국어문규정과 문장 부호

문교부 고시 제88-1 호(1988. 1. 19.)

한글 맞춤법

제1장 총칙

제2장 자모

제3장 소리에 관한 것

제1절 된소리

제2절 구개음화

제3절 'ㄷ' 소리 받침

제4절 모음

제5절 두음 법칙

제6절 겹쳐 나는 소리

제4장 형태에 관한 것

제1절 체언과 조사

제2절 어간과 어미

제3절 접미사가 붙어서 된 말

제4절 합성어 및 접두사가 붙은 말

제5절 준말

제5장 띄어쓰기

제1절 조사

제2절 의존 명사, 단위를 나타내는 명사 및 열거하는 말 등

제3절 보조 용언

제4절 고유 명사 및 전문 용어

제6장 그 밖의 것

□ 부록 문장 부호

제1장 총 칙

제1항 한글 맞춤법은 표준어를 소리대로 적되, 어법에 맞도록 함을 원칙으로 한다.

제2항 문장의 각 단어는 띄어 씀을 원칙으로 한다.

제3항 외래어는 '외래어 표기법'에 따라 적는다.

제2장 자 모

제4항 한글 자모의 수는 스물넉 자로 하고, 그 순서와 이름은 다음과 같이 정한다.

ㄱ(기역) ㄴ(니은) ㄷ(디귿) ㄹ(리을) ㅁ(미음)
ㅂ(비읍) ㅅ(시옷) ㅇ(이응) ㅈ(지읒) ㅊ(치읓)
ㅋ(키읔) ㅌ(티읕) ㅍ(피읖) ㅎ(히읗)
ㅏ(아) ㅑ(야) ㅓ(어) ㅕ(여) ㅗ(오)
ㅛ(요) ㅜ(우) ㅠ(유) ㅡ(으) ㅣ(이)

[붙임 1] 위의 자모로써 적을 수 없는 소리는 두 개 이상의 자모를 어울러서 적되, 그 순서와 이름은 다음과 같이 정한다.

ㄲ(쌍기역) ㄸ(쌍디귿) ㅃ(쌍비읍) ㅆ(쌍시옷) ㅉ(쌍지읒)

ㅐ(애) ㅒ(얘) ㅔ(에) ㅖ(예) ㅘ(와) ㅙ(왜)
ㅚ(외) ㅝ(워) ㅞ(웨) ㅟ(위) ㅢ(의)

[붙임 2] 사전에 올릴 적의 자모 순서는 다음과 같이 정한다.

	ㄱ	ㄲ	ㄴ	ㄷ	ㄸ	ㄹ	ㅁ
자음 :	ㅂ	ㅃ	ㅅ	ㅆ	ㅇ	ㅈ	ㅉ
	ㅊ	ㅋ	ㅌ	ㅍ	ㅎ		
	ㅏ	ㅐ	ㅑ	ㅒ	ㅓ	ㅔ	ㅕ
모음 :	ㅖ	ㅗ	ㅘ	ㅙ	ㅚ	ㅛ	ㅜ
	ㅝ	ㅞ	ㅟ	ㅠ	ㅡ	ㅢ	ㅣ

제 3 장 소리에 관한 것

제1절 된소리

제5항 한 단어 안에서 뚜렷한 까닭 없이 나는 된소리는 다음 음절의 첫소리를 된소리로 적는다.

1. 두 모음 사이에서 나는 된소리

소쩍새	어깨	오빠	으뜸	아끼다
기쁘다	깨끗하다	어떠하다	해쓱하다	가끔
거꾸로	부썩	어찌	이따금	

2. 'ㄴ, ㄹ, ㅁ, ㅇ' 받침 뒤에서 나는 된소리

산뜻하다	잔뜩	살짝	훨씬	담뿍
움찔	몽땅	엉뚱하다		

다만, 'ㄱ, ㅂ' 받침 뒤에서 나는 된소리는, 같은 음절이나 비슷한 음절이 겹쳐 나는 경우가 아니면 된소리로 적지 아니한다.

국수	깍두기	딱지	색시	싹둑(~싹둑)
법석	갑자기	몹시		

제2절 구개음화

제6항 'ㄷ, ㅌ' 받침 뒤에 종속적 관계를 가진 '– 이(–)'나 '– 히 –'가 올 적에는, 그 'ㄷ, ㅌ'이 'ㅈ, ㅊ'으로 소리나더라도 'ㄷ, ㅌ'으로 적는다.(ㄱ을 취하고, ㄴ을 버림.)

ㄱ	ㄴ	ㄱ	ㄴ
맏이	마지	핥이다	할치다
해돋이	해도지	걷히다	거치다
굳이	구지	닫히다	다치다
같이	가치	묻히다	무치다
끝이	끄치		

제3절 'ㄷ' 소리 받침

제7항 'ㄷ' 소리로 나는 받침 중에서 'ㄷ'으로 적을 근거가 없는 것은 'ㅅ'으로 적는다.

덧저고리	돗자리	엇셈	웃어른	핫옷
무릇	사뭇	얼핏	자칫하면	뭇[衆]
옛	첫	헛		

제4절 모음

제8항 '계, 례, 몌, 폐, 혜'의 'ㅖ'는 'ㅔ'로 소리나는 경우가 있더라도 'ㅖ'로 적는다.(ㄱ을 취하고, ㄴ을 버림.)

ㄱ	ㄴ	ㄱ	ㄴ
계수(桂樹)	게수	혜택(惠澤)	헤택
사례(謝禮)	사레	계집	게집
연몌(連袂)	연메	핑계	핑게
폐품(廢品)	페품	계시다	게시다

다만, 다음 말은 본음대로 적는다.

게송(偈頌) 게시판(揭示板) 휴게실(休憩室)

제9항 '의'나, 자음을 첫소리로 가지고 있는 음절의 'ㅢ'는 'ㅣ'로 소리나는 경우가 있더라도 'ㅢ'로 적는다.(ㄱ을 취하고, ㄴ을 버림.)

ㄱ	ㄴ	ㄱ	ㄴ
의의(意義)	의이	닁큼	닝큼
본의(本義)	본이	띄어쓰기	띠어쓰기
무늬[紋]	무니	씌어	씨어
보늬	보니	틔어	티어
오늬	오니	희망(希望)	히망
하늬바람	하니바람	희다	히다
늴리리	닐리리	유희(遊戲)	유히

제5절 두음 법칙

제10항 한자음 '녀, 뇨, 뉴, 니'가 단어 첫머리에 올 적에는, 두음 법칙에 따라 '여, 요, 유, 이'로 적는다.(ㄱ을 취하고, ㄴ을 버림.)

ㄱ	ㄴ	ㄱ	ㄴ
여자(女子)	녀자	유대(紐帶)	뉴대
연세(年歲)	년세	이토(泥土)	니토
요소(尿素)	뇨소	익명(匿名)	닉명

다만, 다음과 같은 의존 명사에서는 '냐, 녀' 음을 인정한다.

냥(兩) 냥쭝(兩-) 년(年)(몇 년)

[붙임 1] 단어의 첫머리 이외의 경우에는 본음대로 적는다.

남녀(男女) 당뇨(糖尿) 결뉴(結紐) 은닉(隱匿)

[붙임 2] 접두사처럼 쓰이는 한자가 붙어서 된 말이나 합성어에서, 뒷말의 첫소리가 'ㄴ' 소리로 나더라도 두음 법칙에 따라 적는다.

신여성(新女性) 공염불(空念佛) 남존여비(男尊女卑)

[붙임 3] 둘 이상의 단어로 이루어진 고유 명사를 붙여 쓰는 경우에도 붙임 2에 준하여 적는다.

한국여자대학 대한요소비료회사

제11항 한자음 '랴, 려, 례, 료, 류, 리'가 단어의 첫머리에 올 적에는, 두음 법칙에 따라 '야, 여, 예, 요, 유, 이'로 적는다.(ㄱ을 취하고, ㄴ을 버림.)

ㄱ	ㄴ	ㄱ	ㄴ
양심(良心)	량심	용궁(龍宮)	룡궁
역사(歷史)	력사	유행(流行)	류행
예의(禮儀)	례의	이발(理髮)	리발

다만, 다음과 같은 의존 명사는 본음대로 적는다.

리(里): 몇 리냐?
리(理): 그럴 리가 없다.

[붙임 1] 단어의 첫머리 이외의 경우에는 본음대로 적는다.

개량(改良)	선량(善良)	수력(水力)	협력(協力)
사례(謝禮)	혼례(婚禮)	와룡(臥龍)	쌍룡(雙龍)
하류(下流)	급류(急流)	도리(道理)	진리(眞理)

다만, 모음이나 'ㄴ' 받침 뒤에 이어지는 '렬, 률'은 '열, 율'로 적는다.(ㄱ을 취하고, ㄴ을 버림.)

ㄱ	ㄴ	ㄱ	ㄴ
나열(羅列)	나렬	분열(分裂)	분렬
치열(齒列)	치렬	선열(先烈)	선렬
비열(卑劣)	비렬	진열(陳列)	진렬
규율(規律)	규률	선율(旋律)	선률
비율(比率)	비률	전율(戰慄)	전률
실패율(失敗率)	실패률	백분율(百分率)	백분률

[붙임 2] 외자로 된 이름을 성에 붙여 쓸 경우에도 본음대로 적을 수 있다.

신립(申砬)　　최린(崔麟)　　채륜(蔡倫)　　하륜(河崙)

[붙임 3] 준말에서 본음으로 소리나는 것은 본음대로 적는다.

국련(국제연합)　　대한교련(대한교육연합회)

[붙임 4] 접두사처럼 쓰이는 한자가 붙어서 된 말이나 합성어에서, 뒷말의 첫소리가 'ㄴ' 또는 'ㄹ' 소리로 나더라도 두음 법칙에 따라 적는다.

역이용(逆利用)　　연이율(年利率)　　열역학(熱力學)
해외여행(海外旅行)

[붙임 5] 둘 이상의 단어로 이루어진 고유 명사를 붙여 쓰는 경우나 십진법에 따라 쓰는 수(數)도 붙임 4에 준하여 적는다.

서울여관　　신흥이발관　　육천육백육십육(六千六百六十六)

제12항 한자음 '라, 래, 로, 뢰, 루, 르'가 단어의 첫머리에 올 적에는, 두음 법칙에 따라 '나, 내, 노, 뇌, 누, 느'로 적는다.(ㄱ을 취하고, ㄴ을 버림.)

ㄱ	ㄴ	ㄱ	ㄴ
낙원(樂園)	락원	뇌성(雷聲)	뢰성
내일(來日)	래일	누각(樓閣)	루각
노인(老人)	로인	능묘(陵墓)	릉묘

[붙임 1] 단어의 첫머리 이외의 경우에는 본음대로 적는다.

쾌락(快樂)	극락(極樂)	거래(去來)	왕래(往來)
부로(父老)	연로(年老)	지뢰(地雷)	낙뢰(落雷)
고루(高樓)	광한루(廣寒樓)	동구릉(東九陵)	가정란(家庭欄)

[붙임 2] 접두사처럼 쓰이는 한자가 붙어서 된 단어는 뒷말을 두음 법칙에 따라 적는다.

내내월(來來月) 상노인(上老人) 중노동(重勞動)
비논리적(非論理的)

제6절 겹쳐 나는 소리

제13항 한 단어 안에서 같은 음절이나 비슷한 음절이 겹쳐 나는 부분은 같은 글자로 적는다.(ㄱ을 취하고, ㄴ을 버림.)

ㄱ	ㄴ	ㄱ	ㄴ
딱딱	딱닥	꼿꼿하다	꼿곳하다
쌕쌕	쌕색	놀놀하다	놀롤하다
씩씩	씩식	눅눅하다	눅녹하다
똑딱똑딱	똑닥똑닥	밋밋하다	민밋하다
쓱싹쓱싹	쓱삭쓱삭	싹싹하다	싹삭하다
연연불망(戀戀不忘)	연련불망	쌉쌀하다	쌉살하다
유유상종(類類相從)	유류상종	씁쓸하다	씁슬하다
누누이(屢屢-)	누루이	짭짤하다	짭잘하다

제4장 형태에 관한 것

제1절 체언과 조사

제14항 체언은 조사와 구별하여 적는다.

떡이	떡을	떡에	떡도	떡만
손이	손을	손에	손도	손만
팔이	팔을	팔에	팔도	팔만
밤이	밤을	밤에	밤도	밤만
집이	집을	집에	집도	집만
옷이	옷을	옷에	옷도	옷만
콩이	콩을	콩에	콩도	콩만
낮이	낮을	낮에	낮도	낮만
꽃이	꽃을	꽃에	꽃도	꽃만
밭이	밭을	밭에	밭도	밭만
앞이	앞을	앞에	앞도	앞만
밖이	밖을	밖에	밖도	밖만
넋이	넋을	넋에	넋도	넋만
흙이	흙을	흙에	흙도	흙만
삶이	삶을	삶에	삶도	삶만
여덟이	여덟을	여덟에	여덟도	여덟만
곬이	곬을	곬에	곬도	곬만
값이	값을	값에	값도	값만

제2절 어간과 어미

제15항 용언의 어간과 어미는 구별하여 적는다.

먹다	먹고	먹어	먹으니
신다	신고	신어	신으니
믿다	믿고	믿어	믿으니
울다	울고	울어	(우니)
넘다	넘고	넘어	넘으니
입다	입고	입어	입으니
웃다	웃고	웃어	웃으니
찾다	찾고	찾아	찾으니
좇다	좇고	좇아	좇으니
같다	같고	같아	같으니
높다	높고	높아	높으니
좋다	좋고	좋아	좋으니
깎다	깎고	깎아	깎으니
앉다	앉고	앉아	앉으니
많다	많고	많아	많으니
늙다	늙고	늙어	늙으니
젊다	젊고	젊어	젊으니
넓다	넓고	넓어	넓으니
훑다	훑고	훑어	훑으니
읊다	읊고	읊어	읊으니
옳다	옳고	옳아	옳으니
없다	없고	없어	없으니
있다	있고	있어	있으니

[붙임 1] 두 개의 용언이 어울려 한 개의 용언이 될 적에, 앞말의 본뜻이 유지되고 있는 것은 그 원형을 밝히어 적고, 그 본뜻에서 멀어진 것은 밝히어 적지 아니한다.

(1) 앞말의 본뜻이 유지되고 있는 것

넘어지다	늘어나다	늘어지다	돌아가다	되짚어가다
들어가다	떨어지다	벌어지다	엎어지다	접어들다
틀어지다	흩어지다			

(2) 본뜻에서 멀어진 것

드러나다　　사라지다　　쓰러지다

[붙임 2] 종결형에서 사용되는 어미 '- 오'는 '요'로 소리나는 경우가 있더라도 그 원형을 밝혀 '오'로 적는다.(ㄱ을 취하고, ㄴ을 버림.)

ㄱ	ㄴ
이것은 책이오.	이것은 책이요.
이리로 오시오.	이리로 오시요.
이것은 책이 아니오.	이것은 책이 아니요.

[붙임 3] 연결형에서 사용되는 '이요'는 '이요'로 적는다.(ㄱ을 취하고, ㄴ을 버림.)

ㄱ	ㄴ
이것은 책이요, 저것은 붓이요, 또 저것은 먹이다.	이것은 책이오, 저것은 붓이오, 또 저것은 먹이다.

제16항 어간의 끝음절 모음이 'ㅏ, ㅗ'일 때에는 어미를 '– 아'로 적고, 그 밖의 모음일 때에는 '– 어'로 적는다.

1. **'–아'로 적는 경우**

나아	나아도	나아서
막아	막아도	막아서
얇아	얇아도	얇아서
돌아	돌아도	돌아서
보아	보아도	보아서

2. **'–어'로 적는 경우**

개어	개어도	개어서
겪어	겪어도	겪어서
되어	되어도	되어서
베어	베어도	베어서
쉬어	쉬어도	쉬어서
저어	저어도	저어서
주어	주어도	주어서
피어	피어도	피어서
희어	희어도	희어서

제17항 어미 뒤에 덧붙는 조사 '– 요'는 '– 요'로 적는다.

읽어	읽어요
참으리	참으리요
좋지	좋지요

제18항 다음과 같은 용언들은 어미가 바뀔 경우, 그 어간이나 어미가 원칙에 벗어나면 벗어나는 대로 적는다.

1. **어간의 끝 'ㄹ'이 줄어질 적**

갈다 :	가니	간	갑니다	가시다	가오
놀다 :	노니	논	놉니다	노시다	노오
불다 :	부니	분	붑니다	부시다	부오
둥글다 :	둥그니	둥근	둥급니다	둥그시다	둥그오
어질다 :	어지니	어진	어집니다	어지시다	어지오

[붙임] 다음과 같은 말에서도 'ㄹ'이 준 대로 적는다.

마지못하다	마지않다	(하)다마다	(하)자마자
(하)지 마라	(하)지 마(아)		

2. **어간의 끝 'ㅅ'이 줄어질 적**

긋다 :	그어	그으니	그었다
낫다 :	나아	나으니	나았다
잇다 :	이어	이으니	이었다
짓다 :	지어	지으니	지었다

3. **어간의 끝 'ㅎ'이 줄어질 적**[2]

그렇다 :	그러니	그럴	그러면	그러오
까맣다 :	까마니	까말	까마면	까마오

2 고시본에서 보였던 용례 중 '그럽니다, 까맙니다, 동그랍니다, 퍼럽니다, 하얍니다'는 1994년 12월 16일에 열린 국어 심의회의 결정에 따라 삭제하기로 하였다. '표준어 규정' 제17항이 자음 뒤의 '-습니다'를 표준어로 정함에 따라 '그렇습니다, 까맣습니다, 동그랗습니다, 퍼렇습니다, 하얗습니다'가 표준어가 되는 것과 상충하기 때문이다.

동그랗다 :	동그라니	동그랄	동그라면	동그라오
퍼렇다 :	퍼러니	퍼럴	퍼러면	퍼러오
하얗다 :	하야니	하얄	하야면	하야오

4. 어간의 끝 'ㅜ, ㅡ'가 줄어질 적

푸다 :	퍼	펐다	뜨다 :	떠	떴다
끄다 :	꺼	껐다	크다 :	커	컸다
담그다 :	담가	담갔다	고프다 :	고파	고팠다
따르다 :	따라	따랐다	바쁘다 :	바빠	바빴다

5. 어간의 끝 'ㄷ'이 'ㄹ'로 바뀔 적

걷다[步] :	걸어	걸으니	걸었다
듣다[聽] :	들어	들으니	들었다
묻다[問] :	물어	물으니	물었다
싣다[載] :	실어	실으니	실었다

6. 어간의 끝 'ㅂ'이 'ㅜ'로 바뀔 적

깁다 :	기워	기우니	기웠다
굽다[炙] :	구워	구우니	구웠다
가깝다 :	가까워	가까우니	가까웠다
괴롭다 :	괴로워	괴로우니	괴로웠다
맵다 :	매워	매우니	매웠다
무겁다 :	무거워	무거우니	무거웠다
밉다 :	미워	미우니	미웠다
쉽다 :	쉬워	쉬우니	쉬웠다

다만, '돕-, 곱-'과 같은 단음절 어간에 어미 '-아'가 결합되어 '와'로 소리나는 것은 '-와'로 적는다.

돕다[助]:	도와	도와서	도와도	도왔다
곱다[麗]:	고와	고와서	고와도	고왔다

7. '하다'의 활용에서 어미 '-아'가 '-여'로 바뀔 적

하다:	하여	하여서	하여도	하여라	하였다

8. 어간의 끝음절 '르' 뒤에 오는 어미 '-어'가 '-러'로 바뀔 적

이르다[至]:	이르러	이르렀다
노르다:	노르러	노르렀다
누르다:	누르러	누르렀다
푸르다:	푸르러	푸르렀다

9. 어간의 끝음절 '르'의 'ㅡ'가 줄고, 그 뒤에 오는 어미 '-아/-어'가 '-라/-러'로 바뀔 적

가르다:	갈라	갈랐다	부르다:	불러	불렀다
거르다:	걸러	걸렀다	오르다:	올라	올랐다
구르다:	굴러	굴렀다	이르다:	일러	일렀다
벼르다:	별러	별렀다	지르다:	질러	질렀다

제3절 접미사가 붙어서 된 말

제19항 어간에 '– 이'나 '– 음/– ㅁ'이 붙어서 명사로 된 것과 '– 이'나 '– 히'가 붙어서 부사로 된 것은 그 어간의 원형을 밝히어 적는다.

1. '– 이'가 붙어서 명사로 된 것

길이 깊이 높이 다듬이 땀받이 달맞이
먹이 미닫이 벌이 벼훑이 살림살이 쇠붙이

2. '– 음/– ㅁ'이 붙어서 명사로 된 것

걸음 묶음 믿음 얼음 엮음 울음
웃음 졸음 죽음 앎 만듦

3. '– 이'가 붙어서 부사로 된 것

같이 굳이 길이 높이 많이 실없이
좋이 짓궂이

4. '– 히'가 붙어서 부사로 된 것

밝히 익히 작히

다만, 어간에 '– 이'나 '– 음'이 붙어서 명사로 바뀐 것이라도 그 어간의 뜻과 멀어진 것은 원형을 밝히어 적지 아니한다.

굽도리 다리[髢] 목거리(목병) 무녀리
코끼리 거름(비료) 고름[膿] 노름(도박)

[붙임] 어간에 '– 이'나 '– 음' 이외의 모음으로 시작된 접미사가 붙어서 다른 품사로 바뀐 것은 그 어간의 원형을 밝히어 적지 아니한다.

(1) 명사로 바뀐 것

귀머거리 까마귀 너머 뜨더귀 마감
마개 마중 무덤 비렁뱅이 쓰레기
올가미 주검

(2) 부사로 바뀐 것

거뭇거뭇 너무 도로 뜨덤뜨덤 바투
불긋불긋 비로소 오긋오긋 자주 차마

(3) 조사로 바뀌어 뜻이 달라진 것

나마 부터 조차

제20항 명사 뒤에 '– 이'가 붙어서 된 말은 그 명사의 원형을 밝히어 적는다.

1. 부사로 된 것

곳곳이 낱낱이 몫몫이 샅샅이 앞앞이 집집이

2. 명사로 된 것

곰배팔이 바둑이 삼발이 애꾸눈이
육손이 절뚝발이/절름발이

[붙임] '– 이' 이외의 모음으로 시작된 접미사가 붙어서 된 말은 그 명사의 원형을 밝히어 적지 아니한다.

꼬락서니　끄트머리　모가치　바가지　바깥
사타구니　싸라기　이파리　지붕　지푸라기　짜개

제21항 명사나 혹은 용언의 어간 뒤에 자음으로 시작된 접미사가 붙어서 된 말은 그 명사나 어간의 원형을 밝히어 적는다.

1. 명사 뒤에 자음으로 시작된 접미사가 붙어서 된 것

값지다　홑지다　넋두리　빛깔　옆댕이　잎사귀

2. 어간 뒤에 자음으로 시작된 접미사가 붙어서 된 것

낚시　늙정이　덮개　뜯게질
갉작갉작하다　갉작거리다　뜯적거리다　뜯적뜯적하다
굵다랗다　굵직하다　깊숙하다　넓적하다
높다랗다　늙수그레하다　얽죽얽죽하다

다만, 다음과 같은 말은 소리대로 적는다.

(1) 겹받침의 끝소리가 드러나지 아니하는 것

할짝거리다　널따랗다　널찍하다　말끔하다
말쑥하다　말짱하다　실쭉하다　실큼하다
얄따랗다　얄팍하다　짤따랗다　짤막하다
실컷

(2) 어원이 분명하지 아니하거나 본뜻에서 멀어진 것

넙치	올무	골막하다	납작하다

제22항 용언의 어간에 다음과 같은 접미사들이 붙어서 이루어진 말들은 그 어간을 밝히어 적는다.

1. '-기-, -리-, -이-, -히-, -구-, -우-, -추-, -으키-, -이키-, -애-'가 붙는 것

맡기다	옮기다	웃기다	쫓기다	뚫리다
울리다	낚이다	쌓이다	핥이다	굳히다
굽히다	넓히다	앉히다	얽히다	잡히다
돋구다	솟구다	돋우다	갖추다	곧추다
맞추다	일으키다	돌이키다	없애다	

다만, '-이-, -히-, -우-'가 붙어서 된 말이라도 본뜻에서 멀어진 것은 소리대로 적는다.

도리다(칼로 ~)	드리다(용돈을 ~)	고치다
바치다(세금을 ~)	부치다(편지를 ~)	거두다
미루다	이루다	

2. '-치-, -뜨리-, -트리-'가 붙는 것

놓치다	덮치다	떠받치다	받치다	밭치다
부딪치다	뻗치다	엎치다	부딪뜨리다/부딪트리다	
쏟뜨리다/쏟트리다		젖뜨리다/젖트리다		
찢뜨리다/찢트리다		흩뜨리다/흩트리다		

[붙임] '- 업-, - 읍-, - 브-'가 붙어서 된 말은 소리대로 적는다.

미덥다　　우습다　　미쁘다

제23항 '- 하다'나 '- 거리다'가 붙는 어근에 '- 이'가 붙어서 명사가 된 것은 그 원형을 밝히어 적는다.(ㄱ을 취하고, ㄴ을 버림.)

ㄱ	ㄴ	ㄱ	ㄴ
깔쭉이	깔쭈기	살살이	살사리
꿀꿀이	꿀꾸리	쌕쌕이	쌕쌔기
눈깜짝이	눈깜짜기	오뚝이	오뚜기
더펄이	더퍼리	코납작이	코납자기
배불뚝이	배불뚜기	푸석이	푸서기
삐죽이	삐주기	홀쭉이	홀쭈기

[붙임] '- 하다'나 '- 거리다'가 붙을 수 없는 어근에 '- 이'나 또는 다른 모음으로 시작되는 접미사가 붙어서 명사가 된 것은 그 원형을 밝히어 적지 아니한다.

개구리	귀뚜라미	기러기	깍두기	꽹과리
날라리	누더기	동그라미	두드러기	딱따구리
매미	부스러기	뻐꾸기	얼루기	칼싹두기

제24항 '- 거리다'가 붙을 수 있는 시늉말 어근에 '- 이다'가 붙어서 된 용언은 그 어근을 밝히어 적는다.(ㄱ을 취하고, ㄴ을 버림.)

ㄱ	ㄴ	ㄱ	ㄴ
깜짝이다	깜짜기다	속삭이다	속사기다
꾸벅이다	꾸버기다	숙덕이다	숙더기다

끄덕이다	끄더기다	울먹이다	울머기다
뒤척이다	뒤처기다	움직이다	움지기다
들먹이다	들머기다	지껄이다	지꺼리다
망설이다	망서리다	퍼덕이다	퍼더기다
번득이다	번드기다	허덕이다	허더기다
번쩍이다	번쩌기다	헐떡이다	헐떠기다

제25항 '– 하다'가 붙는 어근에 '– 히'나 '– 이'가 붙어서 부사가 되거나, 부사에 '– 이'가 붙어서 뜻을 더하는 경우에는 그 어근이나 부사의 원형을 밝히어 적는다.

1. '– 하다'가 붙는 어근에 '– 히'나 '– 이'가 붙는 경우

급히　꾸준히　도저히　딱히　어렴풋이　깨끗이

[붙임] '– 하다'가 붙지 않는 경우에는 소리대로 적는다.

갑자기　반드시(꼭)　슬며시

2. 부사에 – 이'가 붙어서 역시 부사가 되는 경우

곰곰이　더욱이　생긋이　오뚝이　일찍이　해죽이

제26항 '– 하다'나 '– 없다'가 붙어서 된 용언은 그 '– 하다'나 '– 없다'를 밝히어 적는다.

1. '– 하다'가 붙어서 용언이 된 것

딱하다　숱하다　착하다　텁텁하다　푹하다

2. '– 없다'가 붙어서 용언이 된 것

부질없다　상없다　시름없다　열없다　하염없다

제4절 합성어 및 접두사가 붙은 말

제27항 둘 이상의 단어가 어울리거나 접두사가 붙어서 이루어진 말은 각각 그 원형을 밝히어 적는다.

국말이	꺾꽂이	꽃잎	끝장	물난리
밑천	부엌일	싫증	옷안	웃옷
젖몸살	첫아들	칼날	팥알	헛웃음
홀아비	홑몸	흙내		
값없다	겉늙다	굶주리다	낮잡다	맞먹다
받내다	벋놓다	빗나가다	빛나다	새파랗다
샛노랗다	시꺼멓다	싯누렇다	엇나가다	엎누르다
엿듣다	옻오르다	짓이기다	헛되다	

[붙임 1] 어원은 분명하나 소리만 특이하게 변한 것은 변한 대로 적는다.

할아버지　할아범

[붙임 2] 어원이 분명하지 아니한 것은 원형을 밝히어 적지 아니한다.

골병	골탕	끌탕	며칠	아재비
오라비	업신여기다	부리나케		

[붙임 3] '이[齒, 虱]'가 합성어나 이에 준하는 말에서 '니' 또는 '리'로 소리날 때에는 '니'로 적는다.

간니	덧니	사랑니	송곳니	앞니
어금니	윗니	젖니	톱니	틀니
가랑니	머릿니			

제28항 끝소리가 'ㄹ'인 말과 딴 말이 어울릴 적에 'ㄹ' 소리가 나지 아니하는 것은 아니 나는 대로 적는다.

다달이(달 – 달 – 이)	따님(딸 – 님)	마되(말 – 되)
마소(말 – 소)	무자위(물 – 자위)	바느질(바늘 – 질)
부나비(불 – 나비)	부삽(불 – 삽)	부손(불 – 손)
소나무(솔 – 나무)	싸전(쌀 – 전)	여닫이(열 – 닫이)
우짖다(울 – 짖다)	화살(활 – 살)	

제29항 끝소리가 'ㄹ'인 말과 딴 말이 어울릴 적에 'ㄹ' 소리가 'ㄷ' 소리로 나는 것은 'ㄷ'으로 적는다.

반짇고리(바느질~)	사흗날(사흘~)	삼짇날(삼질~)
섣달(설~)	숟가락(술 ~)	이튿날(이틀~)
잗주름(잘~)	푿소(풀~)	섣부르다(설~)
잗다듬다(잘~)	잗다랗다(잘~)	

제30항 사이시옷은 다음과 같은 경우에 받치어 적는다.

1. 순 우리말로 된 합성어로서 앞말이 모음으로 끝난 경우

(1) 뒷말의 첫소리가 된소리로 나는 것

고랫재	귓밥	나룻배	나뭇가지	냇가
댓가지	뒷갈망	맷돌	머릿기름	모깃불
못자리	바닷가	뱃길	볏가리	부싯돌
선짓국	쇳조각	아랫집	우렁잇속	잇자국
잿더미	조갯살	찻집	쳇바퀴	킷값
핏대	햇볕	혓바늘		

(2) 뒷말의 첫소리 'ㄴ, ㅁ' 앞에서 'ㄴ' 소리가 덧나는 것

멧나물	아랫니	텃마당	아랫마을	뒷머리
잇몸	깻묵	냇물	빗물	

(3) 뒷말의 첫소리 모음 앞에서 'ㄴㄴ' 소리가 덧나는 것

도리깻열	뒷윷	두렛일	뒷일	뒷입맛
베갯잇	욧잇	깻잎	나뭇잎	댓잎

2. 순 우리말과 한자어로 된 합성어로서 앞말이 모음으로 끝난 경우

(1) 뒷말의 첫소리가 된소리로 나는 것

귓병	머릿방	뱃병	봇둑	사잣밥
샛강	아랫방	자릿세	전셋집	찻잔
찻종	촛국	콧병	탯줄	텃세
핏기	햇수	횟가루	횟배	

(2) 뒷말의 첫소리 'ㄴ, ㅁ' 앞에서 'ㄴ' 소리가 덧나는 것

곗날　　　제삿날　　　훗날　　　툇마루　　　양칫물

(3) 뒷말의 첫소리 모음 앞에서 'ㄴㄴ' 소리가 덧나는 것

가욋일　　　사삿일　　　예삿일　　　훗일

3. 두 음절로 된 다음 한자어

곳간(庫間)　셋방(貰房)　숫자(數字)　찻간(車間)
툇간(退間)　횟수(回數)

제31항 두 말이 어울릴 적에 'ㅂ' 소리나 'ㅎ' 소리가 덧나는 것은 소리대로 적는다.

1. 'ㅂ' 소리가 덧나는 것

댑싸리(대ㅂ싸리)　멥쌀(메ㅂ쌀)　볍씨(벼ㅂ씨)
입때(이ㅂ때)　입쌀(이ㅂ쌀)　접때(저ㅂ때)
좁쌀(조ㅂ쌀)　햅쌀(해ㅂ쌀)

2. 'ㅎ' 소리가 덧나는 것

머리카락(머리ㅎ가락)　살코기(살ㅎ고기)　수캐(수ㅎ개)
수컷(수ㅎ것)　수탉(수ㅎ닭)　안팎(안ㅎ밖)
암캐(암ㅎ개)　암컷(암ㅎ것)　암탉(암ㅎ닭)

제5절 준말

제32항 단어의 끝모음이 줄어지고 자음만 남은 것은 그 앞의 음절에 받침으로 적는다.[3]

(본말)	(준말)
기러기야	기럭아
어제그저께	엊그저께
어제저녁	엊저녁
가지고, 가지지	갖고, 갖지
디디고, 디디지	딛고, 딛지

제33항 체언과 조사가 어울려 줄어지는 경우에는 준 대로 적는다.

(본말)	(준말)
그것은	그건
그것이	그게
그것으로	그걸로
나는	난
나를	날
너는	넌
너를	널
무엇을	뭣을/무얼/뭘
무엇이	뭣이/무에

제34항 모음 'ㅏ, ㅓ'로 끝난 어간에 '－아/－어, －았－/－었－'이 어울릴 적에는 준 대로 적는다.

3 고시본에서 보였던 '온갖, 온가지' 중 '온가지'는 '표준어 규정' 제14항에서 비표준어로 처리하였으므로 삭제하였다.

(본말)	(준말)	(본말)	(준말)
가아	가	가았다	갔다
나아	나	나았다	났다
타아	타	타았다	탔다
서어	서	서었다	섰다
켜어	켜	켜었다	켰다
펴어	펴	펴었다	폈다

[붙임 1] ‘ㅐ, ㅔ’ 뒤에 ‘– 어, – 었 –’이 어울려 줄 적에는 준 대로 적는다.

(본말)	(준말)	(본말)	(준말)
개어	개	개었다	갰다
내어	내	내었다	냈다
베어	베	베었다	벴다
세어	세	세었다	셌다

[붙임 2] ‘하여’가 한 음절로 줄어서 ‘해’로 될 적에는 준 대로 적는다.

(본말)	(준말)	(본말)	(준말)
하여	해	하였다	했다
더하여	더해	더하였다	더했다
흔하여	흔해	흔하였다	흔했다

제35항 모음 ‘ㅗ, ㅜ’로 끝난 어간에 ‘– 아/– 어, – 았 –/– 었 –’이 어울려 ‘ㅘ/ㅝ, ᅪᆻ/ᅯᆻ’으로 될 적에는 준 대로 적는다.

(본말)	(준말)	(본말)	(준말)
꼬아	꽈	꼬았다	꽜다

보아	봐	보았다	봤다
쏘아	쏴	쏘았다	쐈다
두어	둬	두었다	뒀다
쑤어	쒀	쑤었다	쒔다
주어	줘	주었다	줬다

[붙임 1] '놓아'가 '놔'로 줄 적에는 준 대로 적는다.

[붙임 2] 'ㅚ' 뒤에 '– 어, – 었 –'이 어울려 'ㅙ, ㅙㅆ'으로 될 적에도 준 대로 적는다.

(본말)	(준말)	(본말)	(준말)
괴어	괘	괴었다	괬다
되어	돼	되었다	됐다
뵈어	봬	뵈었다	뵀다
쇠어	쇄	쇠었다	쇘다
쐬어	쐐	쐬었다	쐤다

第36항 'ㅣ' 뒤에 '– 어'가 와서 'ㅕ'로 줄 적에는 준 대로 적는다.

(본말)	(준말)	(본말)	(준말)
가지어	가져	가지었다	가졌다
견디어	견뎌	견디었다	견뎠다
다니어	다녀	다니었다	다녔다
막히어	막혀	막히었다	막혔다
버티어	버텨	버티었다	버텼다
치이어	치여	치이었다	치였다

제37항 'ㅏ, ㅕ, ㅗ, ㅜ, ㅡ'로 끝난 어간에 '- 이 -'가 와서 각각 'ㅐ, ㅖ, ㅚ, ㅟ, ㅢ'로 줄 적에는 준 대로 적는다.

(본말)	(준말)	(본말)	(준말)
싸이다	쌔다	누이다	뉘다
펴이다	폐다	뜨이다	띄다
보이다	뵈다	쓰이다	씌다

제38항 'ㅏ, ㅗ, ㅜ, ㅡ' 뒤에 '- 이어'가 어울려 줄어질 적에는 준 대로 적는다.

(본말)	(준말)	(본말)	(준말)
싸이어	쌔어 싸여	뜨이어	띄어
보이어	뵈어 보여	쓰이어	씌어 쓰여
쏘이어	쐬어 쏘여	트이어	틔어 트여
누이어	뉘어 누여		

제39항 어미 '- 지' 뒤에 '않 -'이 어울려 '- 잖 -'이 될 적과 '- 하지' 뒤에 '않 -'이 어울려 '- 찮 -'이 될 적에는 준 대로 적는다.

(본말)	(준말)	(본말)	(준말)
그렇지 않은	그렇잖은	만만하지 않다	만만찮다
적지 않은	적잖은	변변하지 않다	변변찮다

제40항 어간의 끝음절 '하'의 'ㅏ'가 줄고 'ㅎ'이 다음 음절의 첫소리와 어울려 거센소리로 될 적에는 거센소리로 적는다.

(본말)	(준말)	(본말)	(준말)
간편하게	간편케	다정하다	다정타

연구하도록	연구토록	정결하다	정결타
가하다	가타	흔하다	흔타

[붙임 1] 'ㅎ'이 어간의 끝소리로 굳어진 것은 받침으로 적는다.

않다	않고	않지	않든지
그렇다	그렇고	그렇지	그렇든지
아무렇다	아무렇고	아무렇지	아무렇든지
어떻다	어떻고	어떻지	어떻든지
이렇다	이렇고	이렇지	이렇든지
저렇다	저렇고	저렇지	저렇든지

[붙임 2] 어간의 끝음절 '하'가 아주 줄 적에는 준 대로 적는다.

(본말)	(준말)	(본말)	(준말)
거북하지	거북지	넉넉하지 않다	넉넉지 않다
생각하건대	생각건대	못하지 않다	못지않다
생각하다 못해	생각다 못해	섭섭하지 않다	섭섭지 않다
깨끗하지 않다	깨끗지 않다	익숙하지 않다	익숙지 않다

[붙임 3] 다음과 같은 부사는 소리대로 적는다.

결단코	결코	기필코	무심코	아무튼	요컨대
정녕코	필연코	하마터면	하여튼	한사코	

제 5 장 띄어쓰기

제1절 조 사

제41항 조사는 그 앞말에 붙여 쓴다.

꽃이	꽃마저	꽃밖에	꽃에서부터	꽃으로만
꽃이나마	꽃이다	꽃입니다	꽃처럼	어디까지나
거기도	멀리는	웃고만		

제2절 의존 명사, 단위를 나타내는 명사 및 열거하는 말 등

제42항 의존 명사는 띄어 쓴다.

아는 것이 힘이다.	나도 할 수 있다.
먹을 만큼 먹어라.	아는 이를 만났다.
네가 뜻한 바를 알겠다.	그가 떠난 지가 오래다.

제43항 단위를 나타내는 명사는 띄어 쓴다.

한 개	차 한 대	금 서 돈	소 한 마리
옷 한 벌	열 살	조기 한 손	연필 한 자루
버선 한 죽	집 한 채	신 두 켤레	북어 한 쾌

다만, 순서를 나타내는 경우나 숫자와 어울리어 쓰이는 경우에는 붙여 쓸 수 있다.

두시 삼십분 오초	제일과	삼학년
육층	1446년 10월 9일	2대대
16동 502호	제1실습실	80원
10개	7미터	

제44항 수를 적을 적에는 '만(萬)' 단위로 띄어 쓴다.

십이억 삼천사백오십육만 칠천팔백구십팔
12억 3456만 7898

제45항 두 말을 이어 주거나 열거할 적에 쓰이는 다음의 말들은 띄어 쓴다.

국장 겸 과장	열 내지 스물	청군 대 백군
책상, 걸상 등이 있다	이사장 및 이사들	사과, 배, 귤 등등
사과, 배 등속	부산, 광주 등지	

제46항 단음절로 된 단어가 연이어 나타날 적에는 붙여 쓸 수 있다.

그때 그곳　　좀더 큰것　　이말 저말　　한잎 두잎

제3절 보조 용언

제47항 보조 용언은 띄어 씀을 원칙으로 하되, 경우에 따라 붙여 씀도 허용한다.(ㄱ을 원칙으로 하고, ㄴ을 허용함.)

ㄱ	ㄴ
불이 꺼져 간다.	불이 꺼져간다.
내 힘으로 막아 낸다.	내 힘으로 막아낸다.
어머니를 도와 드린다.	어머니를 도와드린다.
그릇을 깨뜨려 버렸다.	그릇을 깨뜨려버렸다.
비가 올 듯하다.	비가 올듯하다.
그 일은 할 만하다.	그 일은 할만하다.
일이 될 법하다.	일이 될법하다.
비가 올 성싶다.	비가 올성싶다.
잘 아는 척한다.	잘 아는척한다.

다만, 앞말에 조사가 붙거나 앞말이 합성 동사인 경우, 그리고 중간에 조사가 들어갈 적에는 그 뒤에 오는 보조 용언은 띄어 쓴다.

잘도 놀아만 나는구나!
네가 덤벼들어 보아라.
그가 올 듯도 하다.
책을 읽어도 보고…….
강물에 떠내려가 버렸다.
잘난 체를 한다.

제4절 고유 명사 및 전문 용어

제48항 성과 이름, 성과 호 등은 붙여 쓰고, 이에 덧붙는 호칭어, 관직명 등은 띄어 쓴다.

김양수(金良洙)	서화담(徐花潭)	채영신 씨
최치원 선생	박동식 박사	충무공 이순신 장군

다만, 성과 이름, 성과 호를 분명히 구분할 필요가 있을 경우에는 띄어 쓸 수 있다.

남궁억/남궁 억　　독고준/독고 준
황보지봉(皇甫芝峰)/황보 지봉

제49항 성명 이외의 고유 명사는 단어별로 띄어 씀을 원칙으로 하되, 단위별로 띄어 쓸 수 있다.(ㄱ을 원칙으로 하고, ㄴ을 허용함.)

ㄱ	ㄴ
대한 중학교	대한중학교
한국 대학교 사범 대학	한국대학교 사범대학

제50항 전문 용어는 단어별로 띄어 씀을 원칙으로 하되, 붙여 쓸 수 있다.(ㄱ을 원칙으로 하고, ㄴ을 허용함.)

ㄱ	ㄴ
만성 골수성 백혈병	만성골수성백혈병
중거리 탄도 유도탄	중거리탄도유도탄

제6장 그 밖의 것

제51항 부사의 끝음절이 분명히 '이'로만 나는 것은 '- 이'로 적고, '히'로만 나거나 '이'나 '히'로 나는 것은 '- 히'로 적는다.

1. **'이'로만 나는 것**

가붓이	깨끗이	나붓이	느긋이	둥긋이
따뜻이	반듯이	버젓이	산뜻이	의젓이
가까이	고이	날카로이	대수로이	번거로이
많이	적이	헛되이	겹겹이	번번이
일일이	집집이	틈틈이		

2. **'히'로만 나는 것**

극히	급히	딱히	속히	작히
족히	특히	엄격히	정확히	

3. **'이, 히'로 나는 것**

솔직히	가만히	간편히	나른히	무단히
각별히	소홀히	쓸쓸히	정결히	과감히
꼼꼼히	심히	열심히	급급히	답답히
섭섭히	공평히	능히	당당히	분명히
상당히	조용히	간소히	고요히	도저히

제52항 한자어에서 본음으로도 나고 속음으로도 나는 것은 각각 그 소리에 따라 적는다.

(본음으로 나는 것)	(속음으로 나는 것)
승낙(承諾)	수락(受諾), 쾌락(快諾), 허락(許諾)
만난(萬難)	곤란(困難), 논란(論難)
안녕(安寧)	의령(宜寧), 회령(會寧)
분노(忿怒)	대로(大怒), 희로애락(喜怒哀樂)
토론(討論)	의논(議論)
오륙십(五六十)	오뉴월, 유월(六月)
목재(木材)	모과(木瓜)
십일(十日)	시방정토(十方淨土), 시왕(十王), 시월(十月)
팔일(八日)	초파일(初八日)

제53항 다음과 같은 어미는 예사소리로 적는다.(ㄱ을 취하고, ㄴ을 버림.)

ㄱ	ㄴ
-(으)ㄹ거나	-(으)ㄹ꺼나
-(으)ㄹ걸	-(으)ㄹ껄
-(으)ㄹ게	-(으)ㄹ께
-(으)ㄹ세	-(으)ㄹ쎄
-(으)ㄹ세라	-(으)ㄹ쎄라
-(으)ㄹ수록	-(으)ㄹ쑤록
-(으)ㄹ시	-(으)ㄹ씨
-(으)ㄹ지	-(으)ㄹ찌
-(으)ㄹ지니라	-(으)ㄹ찌니라
-(으)ㄹ지라도	-(으)ㄹ찌라도
-(으)ㄹ지어다	-(으)ㄹ찌어다
-(으)ㄹ지언정	-(으)ㄹ찌언정
-(으)ㄹ진대	-(으)ㄹ찐대
-(으)ㄹ진저	-(으)ㄹ찐저
-올시다	-올씨다

다만, 의문을 나타내는 다음 어미들은 된소리로 적는다.

-(으)ㄹ까? -(으)ㄹ꼬? -(스)ㅂ니까?
-(으)리까? -(으)ㄹ쏘냐?

제54항 다음과 같은 접미사는 된소리로 적는다.(ㄱ을 취하고, ㄴ을 버림.)

ㄱ	ㄴ	ㄱ	ㄴ
심부름꾼	심부름군	귀때기	귓대기
익살꾼	익살군	볼때기	볼대기
일꾼	일군	판자때기	판잣대기
장꾼	장군	뒤꿈치	뒷굼치
장난꾼	장난군	팔꿈치	팔굼치
지게꾼	지겟군	이마빼기	이맛배기
때깔	땟갈	코빼기	콧배기
빛깔	빛갈	객쩍다	객적다
성깔	성갈	겸연쩍다	겸연적다

제55항 두 가지로 구별하여 적던 다음 말들은 한 가지로 적는다.(ㄱ을 취하고, ㄴ을 버림.)

ㄱ	ㄴ
맞추다(입을 맞춘다. 양복을 맞춘다.)	마추다
뻗치다(다리를 뻗친다. 멀리 뻗친다.)	뻐치다

제56항 '– 더라, – 던'과 '– 든지'는 다음과 같이 적는다.

1. 지난 일을 나타내는 어미는 '– 더라, – 던'으로 적는다.(ㄱ을 취하고, ㄴ을 버림.)

ㄱ	ㄴ
지난 겨울은 몹시 춥더라.	지난 겨울은 몹시 춥드라.
깊던 물이 얕아졌다.	깊든 물이 얕아졌다.
그렇게 좋던가?	그렇게 좋든가?
그 사람 말 잘하던데!	그 사람 말 잘하든데!
얼마나 놀랐던지 몰라.	얼마나 놀랐든지 몰라.

2. 물건이나 일의 내용을 가리지 아니하는 뜻을 나타내는 조사와 어미는 '(–)든지'로 적는다.(ㄱ을 취하고, ㄴ을 버림.)

ㄱ	ㄴ
배든지 사과든지 마음대로 먹어라.	배던지 사과던지 마음대로 먹어라.
가든지 오든지 마음대로 해라.	가던지 오던지 마음대로 해라.

제57항 다음 말들은 각각 구별하여 적는다.

가름	둘로 가름.
갈음	새 책상으로 갈음하였다.
거름	풀을 썩인 거름.
걸음	빠른 걸음.
거치다	영월을 거쳐 왔다.
걷히다	외상값이 잘 걷힌다.

걷잡다	걷잡을 수 없는 상태.
겉잡다	겉잡아서 이틀 걸릴 일.
그러므로(그러니까)	그는 부지런하다. 그러므로 잘 산다.
그럼으로(써)	그는 열심히 공부한다. 그럼으로(써)
(그렇게 하는 것으로)	은혜에 보답한다.
노름	노름판이 벌어졌다.
놀음(놀이)	즐거운 놀음.
느리다	진도가 너무 느리다.
늘이다	고무줄을 늘인다.
늘리다	수출량을 더 늘린다.
다리다	옷을 다린다.
달이다	약을 달인다.
다치다	부주의로 손을 다쳤다.
닫히다	문이 저절로 닫혔다.
닫치다	문을 힘껏 닫쳤다.
마치다	벌써 일을 마쳤다.
맞히다	여러 문제를 더 맞혔다.
목거리	목거리가 덧났다.
목걸이	금 목걸이, 은 목걸이.
바치다	나라를 위해 목숨을 바쳤다.
받치다	우산을 받치고 간다.
	책받침을 받친다.
받히다	쇠뿔에 받혔다.
밭치다	술을 체에 밭친다.
반드시	약속은 반드시 지켜라.
반듯이	고개를 반듯이 들어라.

부딪치다	차와 차가 마주 부딪쳤다.
부딪히다	마차가 화물차에 부딪혔다.
부치다	힘이 부치는 일이다.
	편지를 부친다.
	논밭을 부친다.
	빈대떡을 부친다.
	식목일에 부치는 글.
	회의에 부치는 안건.
	인쇄에 부치는 원고.
	삼촌 집에 숙식을 부친다.
붙이다	우표를 붙인다.
	책상을 벽에 붙였다.
	흥정을 붙인다.
	불을 붙인다.
	감시원을 붙인다.
	조건을 붙인다.
	취미를 붙인다.
	별명을 붙인다.
시키다	일을 시킨다.
식히다	끓인 물을 식힌다.
아름	세 아름 되는 둘레.
알음	전부터 알음이 있는 사이.
앎	앎이 힘이다.
안치다	밥을 안친다.
앉히다	윗자리에 앉힌다.
어름	두 물건의 어름에서 일어난 현상.
얼음	얼음이 얼었다.

이따가	이따가 오너라.
있다가	돈은 있다가도 없다.
저리다	다친 다리가 저린다.
절이다	김장 배추를 절인다.
조리다	생선을 조린다. 통조림, 병조림.
졸이다	마음을 졸인다.
주리다	여러 날을 주렸다.
줄이다	비용을 줄인다.
하노라고	하노라고 한 것이 이 모양이다.
하느라고	공부하느라고 밤을 새웠다.
– 느니보다(어미)	나를 찾아오느니보다 집에 있거라.
– 는 이보다(의존 명사)	오는 이가 가는 이보다 많다.
– (으)리만큼(어미)	나를 미워하리만큼 그에게 잘못한 일이 없다.
– (으)ㄹ 이만큼(의존 명사)	찬성할 이도 반대할 이만큼이나 많을 것이다.
– (으)러(목적)	공부하러 간다.
– (으)려(의도)	서울 가려 한다.
– (으)로서(자격)	사람으로서 그럴 수는 없다.
– (으)로써(수단)	닭으로써 꿩을 대신했다.
– (으)므로(어미)	그가 나를 믿으므로 나도 그를 믿는다.
(– ㅁ, – 음)으로(써)(조사)	그는 믿음으로(써) 산 보람을 느꼈다.

〈이하 생략〉

문교부 고시 제88-2 호(1988. 1. 19.)

표준어 규정

제1부 표준어 사정 원칙

제1장 총칙

제2장 발음 변화에 따른 표준어 규정

제1절 자음

제2절 모음

제3절 준말

제4절 단수 표준어

제5절 복수 표준어

제3장 어휘 선택의 변화에 따른 표준어 규정

제1절 고어

제2절 한자어

제3절 방언

제4절 단수 표준어

제5절 복수 표준어

제2부 표준 발음법

제1부 표준어 사정 원칙

제1장 총 칙

제1항 표준어는 교양 있는 사람들이 두루 쓰는 현대 서울말로 정함을 원칙으로 한다.
제2장 외래어는 따로 사정한다.

제2장 발음 변화에 따른 표준어 규정

제1절 자음

제3항 다음 단어들은 거센소리를 가진 형태를 표준어로 삼는다.(ㄱ을 표준어로 삼고, ㄴ을 버림.)

ㄱ	ㄴ	비 고
끄나풀	끄나불	
나팔 - 꽃	나발 - 꽃	
녘	녁	동~, 들~, 새벽~, 동 틀 ~.
부엌	부억	
살 - 쾡이	삵 - 괭이	
칸	간	1. ~막이, 빈 ~, 방 한 ~. 2. '초가 삼간, 윗간'의 경우에는 '간'임.
털어 - 먹다	떨어 - 먹다	재물을 다 없애다.

제4항 다음 단어들은 거센소리로 나지 않는 형태를 표준어로 삼는다.(ㄱ을 표준어로 삼고, ㄴ을 버림.)

제5항 어원에서 멀어진 형태로 굳어져서 널리 쓰이는 것은, 그것을 표준어로 삼는다.(ㄱ을 표준어로 삼고, ㄴ을 버림.)

ㄱ	ㄴ	비 고
강낭 - 콩	강남 - 콩	
고삿	고샅	겉~, 속~.
사글 - 세	삭월 - 세	'월세'는 표준어임.
울력 - 성당	위력 - 성당	떼를 지어서 으르고 협박하는 일.

다만, 어원적으로 원형에 더 가까운 형태가 아직 쓰이고 있는 경우에는, 그것을 표준어로 삼는다.(ㄱ을 표준어로 삼고, ㄴ을 버림.)

ㄱ	ㄴ	비　　고
갈비	가리	~구이, ~찜, 갈빗-대.
갓모	갈모	1. 사기 만드는 물레 밑고리. 2. '갈모'는 갓 위에 쓰는, 유지로 만든 우비.
굴-젓	구-젓	
말-곁	말-겻	
물-수란	물-수랄	
밀-뜨리다	미-뜨리다	
적-이	저으기	적이-나, 적이나-하면.
휴지	수지	

제6항 다음 단어들은 의미를 구별함이 없이, 한 가지 형태만을 표준어로 삼는다.(ㄱ을 표준어로 삼고, ㄴ을 버림.)

ㄱ	ㄴ	비　　고
돌	돐	생일, 주기.
둘-째	두-째	'제2, 두 개째'의 뜻.
셋-째	세-째	'제3, 세 개째'의 뜻.
넷-째	네-째	'제4, 네 개째'의 뜻.
빌리다	빌다	1. 빌려 주다, 빌려 오다. 2. '용서를 빌다'는 '빌다'임.

다만, '둘째'는 십 단위 이상의 서수사에 쓰일 때에 '두째'로 한다.

ㄱ	ㄴ	비　　고
열두-째		열두 개째의 뜻은 '열둘째'로.
스물두-째		스물두 개째의 뜻은 '스물둘째'로.

제7항 수컷을 이르는 접두사는 '수 –'로 통일한다.(ㄱ을 표준어로 삼고, ㄴ을 버림.)

ㄱ	ㄴ	비 고
수 – 꿩	수 – 퀑/숫 – 꿩	'장끼'도 표준어임.
수 – 나사	숫 – 나사	
수 – 놈	숫 – 놈	
수 – 사돈	숫 – 사돈	
수 – 소	숫 – 소	'황소'도 표준어임.
수 – 은행나무	숫 – 은행나무	

다만 1. 다음 단어에서는 접두사 다음에서 나는 거센소리를 인정한다. 접두사 '암 –'이 결합되는 경우에도 이에 준한다.(ㄱ을 표준어로 삼고, ㄴ을 버림.)

ㄱ	ㄴ	비 고
수 – 캉아지	숫 – 강아지	
수 – 캐	숫 – 개	
수 – 컷	숫 – 것	
수 – 키와	숫 – 기와	
수 – 탉	숫 – 닭	
수 – 탕나귀	숫 – 당나귀	
수 – 톨쩌귀	숫 – 돌쩌귀	
수 – 퇘지	숫 – 돼지	
수 – 평아리	숫 – 병아리	

다만 2. 다음 단어의 접두사는 '숫 –'으로 한다.(ㄱ을 표준어로 삼고, ㄴ을 버림.)

ㄱ	ㄴ	비 고
숫 – 양	수 – 양	
숫 – 염소	수 – 염소	
숫 – 쥐	수 – 쥐	

〈이하 생략〉

문교부 고시 제85-11 호(1986. 1. 7.)
문화부 고시 제1992-31 호(1992. 11. 27.)
문화 체육부 고시 제1995-8 호(1995. 3. 16.)

외래어 표기법

제1장 표기의 기본 원칙

제2장 표기 일람표

표 1 국제 음성 기호와 한글 대조표
표 2 에스파냐 어 자모와 한글 대조표
표 3 이탈리아 어 자모와 한글 대조표
표 4 일본어의 가나와 한글 대조표
표 5 중국어의 주음 부호(注音符號)와 한글 대조표
표 6 폴란드 어 자모와 한글 대조표
표 7 체코 어 자모와 한글 대조표
표 8 세르보크로아트 어 자모와 한글 대조표
표 9 루마니아 어 자모와 한글 대조표
표 10 헝가리 어 자모와 한글 대조표
표 11 스웨덴 어 자모와 한글 대조표
표 12 노르웨이 어 자모와 한글 대조표
표 13 덴마크 어 자모와 한글 대조표

제3장 표기 세칙

제1절 영어의 표기

제2절 독일어의 표기

제3절 프랑스 어의 표기

제4절 에스파냐 어의 표기

제5절 이탈리아 어의 표기

제6절 일본어의 표기

제7절 중국어의 표기

제8절 폴란드 어의 표기

제9절 체코 어의 표기

제10절 세르보크로아트 어의 표기

제11절 루마니아 어의 표기

제12절 헝가리 어의 표기

제13절 스웨덴 어의 표기

제14절 노르웨이 어의 표기

제15절 덴마크 어의 표기

제4장 인명, 지명 표기의 원칙

제1절 표기 원칙

제2절 동양의 인명, 지명 표기

제3절 바다, 섬, 강, 산 등의 표기 세칙

제 1 장 표기의 기본 원칙

제1항 외래어는 국어의 현용 24 자모만으로 적는다.

제2항 외래어의 1 음운은 원칙적으로 1 기호로 적는다.

제3항 받침에는 'ㄱ, ㄴ, ㄹ, ㅁ, ㅂ, ㅅ, ㅇ'만을 쓴다.

제4항 파열음 표기에는 된소리를 쓰지 않는 것을 원칙으로 한다.

제5항 이미 굳어진 외래어는 관용을 존중하되, 그 범위와 용례는 따로 정한다.

〈이하 생략〉

국어의 로마자 표기법

제1장 표기의 기본 원칙

제1항 국어의 로마자 표기는 국어의 표준 발음법에 따라 적는 것을 원칙으로 한다.

제2항 로마자 이외의 부호는 되도록 사용하지 않는다.

제2장 표기 일람

제1항 모음은 다음 각 호와 같이 적는다.

1. 단모음

ㅏ	ㅓ	ㅗ	ㅜ	ㅡ	ㅣ	ㅐ	ㅔ	ㅚ	ㅟ
a	eo	o	u	eu	i	ae	e	oe	wi

2. 이중 모음

ㅑ	ㅕ	ㅛ	ㅠ	ㅒ	ㅖ	ㅘ	ㅙ	ㅝ	ㅞ	ㅢ
ya	yeo	yo	yu	yae	ye	wa	wae	wo	we	ui

[붙임 1] ‘ㅢ’는 ‘ㅣ’로 소리 나더라도 ‘ui’로 적는다.

(보기)

광희문　　　　Gwanghuimun

[붙임 2] 장모음의 표기는 따로 하지 않는다.

제2항 자음은 다음 각 호와 같이 적는다.

1. **파열음**

ㄱ	ㄲ	ㅋ	ㄷ	ㄸ	ㅌ	ㅂ	ㅃ	ㅍ
g, k	kk	k	d, t	tt	t	b, p	pp	p

2. **파찰음**

ㅈ	ㅉ	ㅊ
j	jj	ch

3. **마찰음**

ㅅ	ㅆ	ㅎ
s	ss	h

4. **비음**

ㄴ	ㅁ	ㅇ
n	m	ng

5. **유음**

ㄹ
r, l

[붙임 1] ‘ㄱ, ㄷ, ㅂ’은 모음 앞에서는 ‘g, d, b’로, 자음 앞이나 어말에서는 ‘k, t, p’로 적는다.([ ] 안의 발음에 따라 표기함.)

(보기)

구미 Gumi	영동 Yeongdong	백암 Baegam
옥천 Okcheon	합덕 Hapdeok	호법 Hobeop
월곶[월곧] Wolgot	벚꽃[벋꼳] beotkkot	
한밭[한받] Hanbat		

[붙임 2] ‘ㄹ’은 모음 앞에서는 ‘r’로, 자음 앞이나 어말에서는 ‘l’로 적는다. 단, ‘ㄹㄹ’은 ‘ll’로 적는다.

(보기)

구리 Guri	설악 Seorak	칠곡 Chilgok
임실 Imsil	울릉 Ulleung	
대관령[대괄령] Daegwallyeong		

제3장 표기상의 유의점

제1항 음운 변화가 일어날 때에는 변화의 결과에 따라 다음 각 호와 같이 적는다.

1. 자음 사이에서 동화 작용이 일어나는 경우

(보기)

백마[뱅마] Baengma	신문로[신문노] Sinmunno
종로[종노] Jongno	왕십리[왕심니] Wangsimni
별내[별래] Byeollae	신라[실라] Silla

2. ‘ㄴ, ㄹ’이 덧나는 경우

(보기)

학여울[항녀울] Hangnyeoul　　알약[알략] allyak

3. 구개음화가 되는 경우

(보기)

해돋이[해도지] haedoji　　같이[가치] gachi
맞히다[마치다] machida

4. ‘ㄱ, ㄷ, ㅂ, ㅈ’이 ‘ㅎ’과 합하여 거센소리로 소리 나는 경우

(보기)

좋고[조코] joko　　놓다[노타] nota
잡혀[자펴] japyeo　　낳지[나치] nachi

다만, 체언에서 ‘ㄱ, ㄷ, ㅂ’ 뒤에 ‘ㅎ’이 따를 때에는 ‘ㅎ’을 밝혀 적는다.

(보기)

묵호 Mukho　　집현전 Jiphyeonjeon

[붙임] 된소리되기는 표기에 반영하지 않는다.

(보기)

압구정 Apgujeong　　낙동강 Nakdonggang
죽변 Jukbyeon　　낙성대 Nakseongdae
합정 Hapjeong　　팔당 Paldang
샛별 saetbyeol　　울산 Ulsan

제2항 발음상 혼동의 우려가 있을 때에는 음절 사이에 붙임표(-)를 쓸 수 있다.

(보기)

중앙 Jung-ang　　반구대 Ban-gudae
세운 Se-un　　해운대 Hae-undae

제3항 고유 명사는 첫 글자를 대문자로 적는다.

(보기)

부산 Busan　　　　　　세종 Sejong

제4항 인명은 성과 이름의 순서로 띄어 쓴다. 이름은 붙여 쓰는 것을 원칙으로 하되 음절 사이에 붙임표(–)를 쓰는 것을 허용한다.((　)안의 표기를 허용함.)

(보기)

민용하 Min Yongha (Min Yong-ha)
송나리 Song Nari (Song Na-ri)

(1) 이름에서 일어나는 음운 변화는 표기에 반영하지 않는다.

(보기)

한복남 Han Boknam (Han Bok-nam)
홍빛나 Hong Bitna (Hong Bit-na)

(2) 성의 표기는 따로 정한다.

제5항 '도, 시, 군, 구, 읍, 면, 리, 동'의 행정 구역 단위와 '가'는 각각 'do, si, gun, gu, eup, myeon, ri, dong, ga'로 적고, 그 앞에는 붙임표(–)를 넣는다. 붙임표(–) 앞뒤에서 일어나는 음운 변화는 표기에 반영하지 않는다.

(보기)

충청북도 Chungcheongbuk-do　　　제주도 Jeju-do

의정부시 Uijeongbu-si
도봉구 Dobong-gu
양주군 Yangju-gun
신창읍 Sinchang-eup

삼죽면 Samjuk-myeon
당산동 Dangsan-dong
인왕리 Inwang-ri
봉천1동 Bongcheon 1(il)-dong

종로 2가 Jongno 2(i)-ga
퇴계로 3가 Toegyero 3(sam)-ga

[붙임] '시, 군, 읍'의 행정 구역 단위는 생략할 수 있다.

(보기)

청주시 Cheongju
함평군 Hampyeong
순창읍 Sunchang

제6항 자연 지물명, 문화재명, 인공 축조물명은 붙임표(-) 없이 붙여 쓴다.

(보기)

남산 Namsan
금강 Geumgang
경복궁 Gyeongbokgung
연화교 Yeonhwagyo
안압지 Anapji
화랑대 Hwarangdae
현충사 Hyeonchungsa
오죽헌 Ojukheon
종묘 Jongmyo
속리산 Songnisan
독도 Dokdo
무량수전 Muryangsujeon
극락전 Geungnakjeon
남한산성 Namhansanseong
불국사 Bulguksa
독립문 Dongnimmun
촉석루 Chokseongnu
다보탑 Dabotap

제7항 인명, 회사명, 단체명 등은 그동안 써 온 표기를 쓸 수 있다.

제8항 학술 연구 논문 등 특수 분야에서 한글 복원을 전제로 표기할 경우에는 한글 표기를 대상으로 적는다. 이때 글자 대응은 제2장을 따르되 'ㄱ, ㄷ, ㅂ, ㄹ'은 'g, d, b, l'로만 적는다. 음가 없는 'ㅇ'은 붙임표(-)로 표기하되 어두에서는 생략하는 것을 원칙으로 한다. 기타 분절의 필요가 있을 때에도 붙임표(-)를 쓴다.

(보기)

집 jib	짚 jip
밖 bakk	값 gabs
붓꽃 buskkoch	먹는 meogneun
독립 doglib	문리 munli
물엿 mul-yeos	굳이 gud-i
좋다 johda	가곡 gagog
조랑말 jolangmal	없었습니다 eobs-eoss-seubnida

부 칙

① (시행일) 이 규정은 고시한 날부터 시행한다.

② (표지판 등에 대한 경과 조치) 이 표기법 시행 당시 종전의 표기법에 의하여 설치된 표지판(도로, 광고물, 문화재 등의 안내판)은 2005. 12. 31.까지 이 표기법을 따라야 한다.

③ (출판물 등에 대한 경과 조치) 이 표기법 시행 당시 종전의 표기법에 의하여 발간된 교과서 등 출판물은 2002. 2. 28.까지 이 표기법을 따라야 한다.

〈이하 생략〉

문장 부호 쓰기

문장부호는 글에서 문장의 구조를 드러내거나 필자의 의도를 전달하기 위하여 사용한다. 문장을 문장답게 만드는 마지막 관문이라고도 할 수 있다. 사실 적재적소에 문장부호를 써 넣는 것만으로도 문장의 완성도가 달라지기 때문이다. 문장부호는 어렵지 않다. 우리가 늘 알고 있던 문장부호들의 기능과 명칭을 확인해 보면 된다. 이 장에서는 문장부호의 명칭과 기능을 확인하고 글을 쓸 때 정확하게 활용할 수 있도록 하자.

1. 온점(.), 고리점(。)

가로쓰기에는 온점, 세로쓰기에는 고리점을 쓴다.

(1) 서술, 명령, 청유 등을 나타내는 문장의 끝에 쓴다.

어린이는 미래의 재산이다.

다만, 표제어나 표어에는 쓰지 않는다.

꺼진 불도 다시 보자(표어)

(2) 아라비아 숫자만으로 연월일을 표시할 적에 쓴다.

2019. 3. 1. (2019년 3월 1일)

(3) 표시 문자 다음에 쓴다.

1. 마침표 ㄱ. 물음표 가. 인명

(4) 준말을 나타내는 데 쓴다.

서. 2019. 3. 5. (서기)

2. 반점(,), 모점(、)

가로쓰기에는 반점, 세로쓰기에는 모점을 쓴다. 문장 안에서 짧은 휴지를 나타낸다.

(1) 같은 자격의 어구가 열거될 때에 쓴다.

근면, 검소, 협동은 우리 겨레의 미덕이다.

다만, 조사로 연결될 적에는 쓰지 않는다.

매화와 난초와 국화와 대나무를 사군자라고 한다.

(2) 짝을 지어 구별할 필요가 있을 때에 쓴다.

닭과 지네, 개와 고양이는 상극이다.

(3) 바로 다음의 말을 꾸미지 않을 때에 쓴다.

슬픈 사연을 간직한, 경주 불국사의 무영탑.

(4) 대등하거나 종속적인 절이 이어질 때에 절 사이에 쓴다.

콩 심은 데 콩 나고, 팥 심은 데 팥 난다.

(5) 부르는 말이나 대답하는 말 뒤에 쓴다.

얘야, 이리 오너라.

예, 지금 가겠습니다.

(6) 제시어 다음에 쓴다.

용기, 이것이야말로 무엇과도 바꿀 수 없는 젊은이의 자산이다.

(7) 문맥상 끊어 읽어야 할 곳에 쓴다.

종석이가 울면서, 떠나는 나영이를 배웅했다.

(8) 가벼운 감탄을 나타내는 말 뒤에 쓴다.

아, 깜빡 잊었구나.

(9) 문장 첫머리의 접속이나 연결을 나타내는 말 다음에 쓴다.

첫째, 몸이 건강해야 된다.

아무튼, 나는 집에 가지 않겠다.

다만, 일반적으로 쓰이는 접속어(그러나, 그러므로, 그리고, 그런데 등) 뒤에는 쓰지 않음을 원칙으로 한다.

그러나 너는 참석할 필요가 없다.

3. 큰따옴표(" "), 겹낫표(『 』)

가로쓰기에는 큰따옴표, 세로쓰기에는 겹낫표를 쓴다. 대화, 인용, 특별 어구 따위를 나타낸다.

(1) 글 가운데서 직접 대화를 표시할 때에 쓴다.

"전기가 없었을 때는 어떻게 책을 보았을까?"

"그야 등잔불을 켜고 보았겠지."

(2) 남의 말을 인용할 경우에 쓴다.

예로부터 "곳간에서 인심이 난다."라고 하였다.

4. 작은따옴표(' '), 낫표(「 」)

가로쓰기에는 작은따옴표, 세로쓰기에는 낫표를 쓴다.

(1) 따온 말 가운데 다시 따온 말이 들어 있을 때에 쓴다.

“여러분! 침착해야 합니다. ‘하늘이 무너져도 솟아날 구멍이 있다.’고 합니다.”

(2) 마음속으로 한 말을 적을 때에 쓴다.

‘만약 내가 이런 모습으로 돌아간다면, 모두들 깜짝 놀라겠지.’

[붙임] 문장에서 중요한 부분을 두드러지게 하기 위해 드러냄표 대신에 쓰기도 한다.

지금 필요한 것은 ‘돈’이 아니라 ‘사랑’입니다.

5. 소괄호(( ))

(1) 원어, 연대, 주석, 설명 등을 넣을 적에 쓴다.

커피(coffee)는 기호 식품이다.

올림픽(1988) 당시 나는 초등학생이었다.

(2) 특히 기호 또는 기호적인 구실을 하는 문자, 단어, 구에 쓴다.

(1) 주어 (ㄱ) 명사 (라) 소리에 관한 것

(3) 빈 자리임을 나타낼 적에 쓴다.

중국의 수도는 (　　　)이다.

6. 중괄호({ })

여러 단위를 동등하게 묶어서 보일 때에 쓴다.

주격 조사 { 이 / 가 }

7. 대괄호([ ])

(1) 묶음표 안의 말이 바깥 말과 음이 다를 때에 쓴다.

나이[年歲]　　　　　낱말[單語]　　　　　手足[손발]

(2) 묶음표 안에 또 묶음표가 있을 때에 쓴다.

명령에 있어서의 불확실[단호(斷乎)하지 못함.]은 복종에 있어서의 불확실[모호(模糊)함.]을 낳는다.

8. 줄표(—)

이미 말한 내용을 다른 말로 부연하거나 보충함을 나타낸다.

(1) 문장 중간에 앞의 내용에 대해 부연하는 말이 끼어들 때 쓴다.

그 신동은 네 살에 — 보통 아이 같으면 천자문도 모를 나이에 — 벌써 시를 지었다.

(2) 앞의 말을 정정 또는 변명하는 말이 이어질 때 쓴다.

어머님께 말했다가 — 아니, 말씀드렸다가 — 꾸중만 들었다.

9. 붙임표(-)

(1) 사전, 논문 등에서 합성어를 나타낼 적에, 또는 접사나 어미임을 나타낼 적에 쓴다.

손·발　　　　　슬기-롭다　　　　　-(으)ㄹ걸

(2) 외래어와 고유어 또는 한자어와 결합되는 경우에 쓴다.

나일론-실　　　디-장조　　　　　빛-에너지

10. 물결표(~)

(1) '내지'라는 뜻에 쓴다.

9월 15일~9월 25일

(2) 어떤 말의 앞이나 뒤에 들어갈 말 대신 쓴다.

새마을 : ~운동 ~노래

-가(家) : 음악~ 미술~

11. 빠짐표(□)

(1) 옛 비문이나 문헌 등에서 글자가 분명하지 않을 때 그 글자의 수만큼 쓴다.

(2) 글자가 들어가야 할 자리를 나타낼 때 쓴다.

12. 줄임표(……)

(1) 할 말을 줄였을 때 쓴다.

(2) 말이 없음을 나타낼 때 쓴다.

(3) 문장이나 글의 일부를 생략할 때 쓴다.

(4) 머뭇거림을 보일 때 쓴다.

✔ 교양 책읽기 추천 목록

가오싱 젠, 『영혼의 산』, 현대문학북스

권영민, 『우리 문장 강의』, 신구문화사

도스토예프스키, 『카라마조프가의 형제들』, 민음사

루쉰, 『아Q정전』, 마리북스

배상복, 『일반인을 위한 글쓰기 정석』, 경향미디어

이반 파블로프, 『조건 반사』, 교육과학사

지현배, 『글쓰기1,2』, 동국대출판부

칼 마르크스, 『자본론』,비봉출판사

토마스 쿤, 『과학 혁명의 구조』, 까치글방

토마스 홉스, 『리바이어던』, 서해문집

톨스토이, 『안나카레니나』, 민음사

프랜시스 후쿠야마, 『역사의 종말』, 한마음사

플라톤, 『소크라테스의 변명』, 문예출판사

허버트 마르쿠제, 『이성과 혁명』, 중원문화

헨리 페트로스키, 『포크는 왜 네 갈퀴를 달게 되었나』, 김영사

헬레나 노르베리 호지, 『오래된 미래』, 중앙북스

호르헤 L.보르헤스, 『픽션들』, 민음사

저자 소개

주현재 교육공학박사
삼육보건대학교 교수

신현규 문학박사
중앙대학교 다빈치교양대학 교수

이은미 국어교육학박사
중앙대학교 인문대학 외래교수

사고와 표현

2019년 2월 28일 초판 1쇄 펴냄

지은이 주현재, 신현규, 이은미
펴낸이 김흥국
펴낸곳 보고사

등록 1990년 12월 13일 제6-0429호
주소 경기도 파주시 회동길 337-15 보고사
전화 031)955-9797(代)
02)922-5120~1(편집), 02)922-2246(영업)
팩스 02)922-6990
메일 kanapub3@naver.com
http://www.bogosabooks.co.kr

ISBN 979-11-5516-868-4 03810

정가 17,000원

xpression

이름	
학번	
소속	학부(과) 학년

학 과		성 명	
학 번		제출일자	

학 과		성 명	
학 번		제출일자	

학　　과		성　　명	
학　　번		제출일자	

학　과		성　명	
학　번		제출일자	

학　과		성　명	
학　번		제출일자	

학 과		성 명	
학 번		제출일자	

학　과		성　명	
학　번		제출일자	

학　　과		성　　명	
학　　번		제출일자	

학　과		성　명	
학　번		제출일자	

학　과		성　명	
학　번		제출일자	

학 과		성 명	
학 번		제출일자	

학　　과		성　　명	
학　　번		제출일자	

학　　과		성　　명	
학　　번		제출일자	

학 과		성 명	
학 번		제출일자	

학　　과		성　　명	
학　　번		제출일자	

학　　과		성　　명	
학　　번		제출일자	

학 과		성 명	
학 번		제출일자	

학　　과		성　　명	
학　　번		제출일자	

학　과		성　명	
학　번		제출일자	

학　과		성　명	
학　번		제출일자	

학 과		성 명	
학 번		제출일자	

학　　과		성　　명	
학　　번		제출일자	

학　과		성　명	
학　번		제출일자	

학 과		성 명	
학 번		제출일자	

학　과		성　명	
학　번		제출일자	

학 과		성 명	
학 번		제출일자	

학 과		성 명	
학 번		제출일자	

학　　과		성　　명	
학　　번		제출일자	

학 과		성 명	
학 번		제출일자	

학　　과		성　　명	
학　　번		제출일자	

학 과		성 명	
학 번		제출일자	

이 력 서

사 진	이 력 서			
	성 명	인	주민등록번호	
	생년월일 서기 년 월 일생 (만 세)			
현 주 소				
호 주 관 계	호주와의 관계		호주성명	

년 월 일			학 력 및 경 력 사 항	발 령 청

			위의 事實은 틀림이 없음.	
			20 年 月 日	
			(印)	

<table>
<tr><td rowspan="4">사

진</td><td colspan="5">이 력 서</td></tr>
<tr><td rowspan="2">성 명</td><td rowspan="2" colspan="2">㊞</td><td colspan="2">주민등록번호</td></tr>
<tr><td colspan="2"></td></tr>
<tr><td colspan="5">생년월일 서기 년 월 일생 (만 세)</td></tr>
<tr><td>현 주 소</td><td colspan="5"></td></tr>
<tr><td>호 주 관 계</td><td>호주와의 관계</td><td colspan="2"></td><td>호주성명</td><td></td></tr>
</table>

<table>
<tr><td colspan="3">년 월 일</td><td>학 력 및 경 력 사 항</td><td>발 령 청</td></tr>
<tr><td></td><td></td><td></td><td></td><td></td></tr>
<tr><td></td><td></td><td></td><td></td><td></td></tr>
<tr><td></td><td></td><td></td><td></td><td></td></tr>
<tr><td></td><td></td><td></td><td></td><td></td></tr>
<tr><td></td><td></td><td></td><td></td><td></td></tr>
<tr><td></td><td></td><td></td><td></td><td></td></tr>
<tr><td></td><td></td><td></td><td></td><td></td></tr>
<tr><td></td><td></td><td></td><td></td><td></td></tr>
<tr><td></td><td></td><td></td><td></td><td></td></tr>
<tr><td></td><td></td><td></td><td></td><td></td></tr>
<tr><td></td><td></td><td></td><td></td><td></td></tr>
<tr><td></td><td></td><td></td><td></td><td></td></tr>
<tr><td></td><td></td><td></td><td></td><td></td></tr>
</table>

			위의 事實은 틀림이 없음.	
			20 年 月 日	
			(印)	

자 기 소 개 서

1. 성장과정
2. 성격의 장단점
3. 각종 활동사항 경력사항
4. 지원동기 및 포부

자 기 소 개 서

1. 성장과정
2. 성격의 장단점
3. 각종 활동사항 경력사항
4. 지원동기 및 포부

자 기 소 개 서

1. 성장과정
2. 성격의 장단점
3. 각종 활동사항 경력사항
4. 지원동기 및 포부

자 기 소 개 서

1. 성장과정
2. 성격의 장단점
3. 각종 활동사항 경력사항
4. 지원동기 및 포부

자 기 소 개 서

1. 성장과정
2. 성격의 장단점
3. 각종 활동사항 경력사항
4. 지원동기 및 포부

자 기 소 개 서

1. 성장과정
2. 성격의 장단점
3. 각종 활동사항 경력사항
4. 지원동기 및 포부